Wolfgang Pein

Eine falsche Badehose im Haifisch – Becken kann tödlich sein

Bibliografische Information der Deutschen Nationalbibliothek: Die Deutsche Nationalbibliothek verzeichnet diese Publikation in der Deutschen Nationalbibliografie. Detaillierte bibliografische Daten sind im Internet über http://dnb.d-nb.de abrufbar.

Herstellung und Verlag:

BoD – Books on Demand, In de Tarpen 42

D – 22848 Norderstedt - Germany -

ISBN-Nr. 9783744835091

Die Handlung in diesem **Kriminal-Roman** ist f r e i erfunden.

Eine Verwechselung oder Zuordnung mit tatsächlich jetzt oder ehemals existenten Personen ist nicht beabsichtigt, Ähnlichkeiten sind rein zufällig.

Die Orte der Handlung sind fiktiv, die Personen im Roman ebenfalls.

Eine Zuordnung zu einer bestimmten Firma ist völlig unbeabsichtigt und wurde zu keiner Zeit jemals in Erwägung gezogen.

Eine **L i s t e**

der in diesem Roman

mitwirkenden Personen

befindet sich am Schluss

auf den Seiten 259 – 260.

Wolfgang Pein

Eine falsche Badehose
im Haifisch - Becken
kann tödlich sein

----

ein Kriminal – Roman

aus dem Bereich der Finanzen und Bilanzen

... ein Büro-Tower in einer großen Stadt

- 10. Etage -

----

23. Dezember 2015 - 19.45 Uhr

Die schwere Eichentür des Besprechungsraumes hatte sich geräuschlos geschlossen. Es war eine doppelwandige Tür, die auf der einen Seite mit Kassetten ausgekleidet war, die keinen Laut aus dem Raum entließen. Diese Tür war erst nachträglich dementsprechend ausgestattet worden, nachdem die Firma stetig gewachsen war.

Auch die Decke entsprach dieser Anforderung. Der Fußboden hatte einen sogenannten doppelten Boden. Wichtige interne Dinge, die nicht für jedes Ohr bestimmt waren, konnten jetzt keinesfalls nach außen dringen.

Der beauftragte Architekt hatte vor einigen Jahren die Vorstellung dieses Raumes mit sichtlicher Genugtuung genossen, nachdem er den Umbau abgeschlossen hatte.

Die Firma gab sich alle Mühe, ihre Sitzungen in diesem speziellen Raum geheim zu halten. Regelmäßig hatte die firmeneigene Sicherheitsabteilung den Raum auf Dinge zu testen und zu untersuchen, die zum Abhören benutzt werden konnten. Die entsprechenden Protokolle darüber waren stets zur Zufriedenheit des Auftrag gebenden Verwaltungsrates ausgefallen.

Auch heute hatte die letzte Überprüfung noch kurz vor der jetzt anstehenden Sitzung der Führungsetage stattgefunden, und wie immer war das gewünschte Ergebnis erreicht und entsprechend protokolliert worden. Sämtliche Fenster waren geschlossen, obwohl diese eine Öffnung zuließen - nicht wie Fenster in den modernen Gebäuden, die keinerlei Luftzufuhr außer der Klimaanlage zuließen. Doch wer sollte auch von außen schon die zehnte Etage belauschen?

Der Sicherheitschef, der vielleicht auch schon zu viele Krimis sah, hatte zu bedenken gegeben, dass schließlich heut zu Tage äußerst gute Mikrofone auf dem Markt sind, die Worte lautlos übertragen.

Sogar das Ablesen von den Lippen hatte er zu bedenken gegeben, was einige der bei der Vorstellung des neu gestalteten Raumes zu bemerkenswerten Kopfschütteln gebracht hatte und süffisantem Lächeln. Um keine eigene Verantwortung übernehmen zu müssen, hatte man sich dann doch daraufhin geeinigt, die Fenster mit blickdichten Stoffen zu versehen. Letztendlich war es in den vergangenen Jahren auch oftmals um Summen gegangen, die in den zweistelligen Millionenbereich gingen. Hinzu kam, dass auch die Industrie-Spionage von Jahr zu Jahr vermehrt zu nahm. Und weder Bilanzsummen noch technisches Know-how sollten schließlich nach außen dringen. Somit war man sich sicher, alles getan zu haben, um eine optimale Sicherheit zu gewährleisten – falls es die überhaupt gibt?

Der Sicherheitschef konnte seinen Stolz kaum verbergen, hatte doch auch er all seine Ideen umgesetzt, gegen manche Bedenken. Alles war perfekt für ihn gelaufen, nach menschlichem Ermessen. Sämtliche weiteren Wünsche nach Sicherheit waren ihm erfüllt worden. Sicherheit?

Dieser heutigen Besprechung waren bereits mehrere andere an vielen Tagen der letzten drei Wochen voran gegangen.

Und heute sollten jetzt alle Dinge zum Abschluss gebracht werden. Heute war der entscheidende Tag – für alle Menschen in dieser Firma, und das waren nicht gerade wenige.

Die altehrwürdige Standuhr im Besprechungsraum hatte schon bereits vor einigen Minuten 20.00 Uhr geschlagen. Bis auf den Chef war der komplette Aufsichtsrat bereits eingetroffen. Eine gewisse Unruhe machte sich breit. Es lag aber nicht daran, dass niemand es wagte, sich schon am Buffet zu bedienen, das aufreizend lecker im selben Raum angerichtet war.

Der Chef hieß Albert Hansson und ließ sich Zeit. Alles war bereits besprochen, aber ganz zufrieden mit der jetzt anstehenden und auch zu erwartenden Entscheidung war er nicht. Für ihn war die Firma nicht nur reines Kapital.

Er hatte diese bereits von seinem Vater übernommen, der auch – wie er – die Menschen darin gesehen hatte, Menschen, auf die man sich verlassen konnte, bereits viele Jahrzehnte lang verlassen konnte.

Albert Hansson hatte noch das Gespür von Fürsorge im Blut, das Gespür von Verantwortung Menschen gegenüber. Aber er hatte eigentlich auch keine Wahl – nicht nur eigentlich.

Wie gesagt – die Firma hatte schon viele Jahre auf dem Buckel. Mit ihrer durchdachten Führung war sie immer noch gut aufgestellt, auch wenn sie mit der Neuzeit und inzwischen vielen Konkurrenten schwer zu kämpfen hatte. Und diese neuen Märkte, vor allem aus Übersee und dem östlichen Raum, verlangten unverzügliches Handeln, sollte sie nicht ihre Werte verlieren und ihr Marktwert ins bodenlose fallen.

Ein letzter Blick fiel auf die Bilanz der Firma, deren positive Kurve fast eine ganze Wand einnahm. Wie schon so oft kam ihm der Gedanke, dass es in seiner Firma keinen Junior-Chef gab, denn sein Sohn hatte andere Ideen und war zu keiner Zeit in die Firma eingestiegen. „Warum nennen mich einige wohl Senior-Chef?" lächelte er vor sich hin.

Obwohl - dass sein Sohn gar nichts mit der Firma anfangen konnte, das betrübte ihn schon sehr, da unterschied er sich wohl nicht viel von anderen Vätern. „Vielleicht wäre dann alles anders gekommen und der heutige Tag müsste so nicht enden", dachte er, und diesen Gedanken hatte er heute nicht das erste Mal. „Aber wer weiß das schon", fuhr er weiter in seinen Gedanken fort. „Es ist ja nicht auszuschließen, dass sich Sven der Meinung des Aufsichtsrates anschließen würde. Viel Geld auf einen Schlag, das zählt wohl heutzutage bei den meisten – was zählt da schon eine Firma, die alle Erschütterungen der Zeit überstanden hat, die Generationen alt ist, vielleicht zu alt für diese Welt? Eigentlich ist es schade, dass ich nun alles allein abwickeln muss."

Er schüttelte den Kopf, Wehmut überkam ihn. Dann schaute er noch einmal auf seine Uhr und spürte beinahe körperlich, wie die Zeit auf ihn wartete, die Zeit, den Besprechungsraum zu betreten.

Auf dem Wege dorthin lag das Büro seiner treuen Mitarbeiterin, die sein besonderes Vertrauen besaß. Auf seine Chef-Sekretärin konnte er sich immer verlassen.

Das Vertrauen ging soweit, dass sie sogar ab und zu seine Privatkonten verwaltete, wenn er für längere Zeit im Ausland weilte. Da war sie die erste Wahl, wenn es darum ging, alles zu regeln, was es zu regeln galt.

Seine Vertraute war – er überlegte - nun wohl schon an die 20 Jahre in dieser Position in seiner Firma. Er hatte damals die Auswahl höchstpersönlich vorgenommen, als diese Stelle vakant war. Bewusst hatte er damals kein „junges Luder" eingestellt. Er brauchte kein Galionspüppchen für den ersten Blick. Er brauchte einen reifen Menschen um sich herum, der bereits wusste, was er wollte, und er hatte diese Entscheidung niemals bereut – bis heute nicht.

Silvia Herbst, Chef-Sekretärin - Vorzimmer Albert Hansson – so stand es an der Tür, vor der er jetzt stand.

„Da – da ist es schon wieder", dachte er sich. „Schon wieder dieses Wort CHEF." Er musste direkt lachen, leise vor sich hin, wie er dachte. Doch ganz so leise konnte es nun auch nicht wieder gewesen sein – denn die Tür, vor der er stand, öffnete sich. Frau Herbst schaute erstaunt hinaus auf den Flur und sah ihren Chef direkt vor sich stehen.

„Guten Abend Herr Hansson! Ich freue mich, dass Sie so spät am Abend noch eine dermaßen gute Laune haben, aber darüber kann ich mich bei Ihnen ja wirklich nie beklagen."

„Ich musste gerade an etwas Lustiges denken", sagte der Chef. „Aber glauben Sie mir, liebe Frau Herbst, eigentlich steht mir der Sinn heute Abend nicht nach Spaß. Wie Sie wissen, findet gleich noch eine schwerwiegende Besprechung mit dem gesamten Aufsichtsrat statt. Und ich komme mir so vor, als ob ich gleich in einem Haifischbecken schwimmen soll, und dass, obwohl i c h ja wohl der Chef bin."

Nun musste auch seine Mitarbeiterin schmunzeln. „Sie werden auch diesen Schwimmwettbewerb zum Nachteil der Haie gewinnen. Da bin ich mir sicher, Herr Hansson."

„Ihr Wort in Gottes Ohr, oder wie sagt man? Drücken Sie mir die Daumen, dass ich die passende Badehose anhabe. Ach ja – noch eines: Es ist schon spät, und die Nacht wird noch lang werden. S i e haben ja alles getan, was sie vorbereiten sollten. Auch hat der Service bereits das Buffet angeliefert und Getränke stehen bereit. Den Rest muss ich jetzt allein abwickeln.

Für heute ist alles getan, schließen Sie ihre Arbeit für heute Abend also ab und gönnen Sie sich den verdienten Feierabend – einen hoffentlich entspannteren Abend als bei mir wünsche ich Ihnen. Ach ja, ich wünsche Ihnen noch recht schöne Feiertage. Wir sehen uns dann ja am Montag nach Weihnachten wieder."

Es folgte ein Händedruck vom Chef, ein langer Händedruck, der Silvia Herbst irgendwie als „anders als je zuvor" auffiel. Dazu schien Traurigkeit im Blick des Chefs zu sein, der ja gerade noch einen Scherz gemacht hatte.

Frau Herbst machte sich ziemliche Sorgen, als sie erwiderte: „Danke sehr, Herr Hansson – dann schließe ich mein Büro und gehe. Bis zum Montag also, hoffentlich angenehme Weihnachtstage auch für Sie."

Albert Hansson nickte nachdenklich und gab ihr noch einmal die Hand, was Frau Herbst nur noch nachdenklicher machte.

Sie konnte nicht wissen, dass die Worte „… muss ich jetzt allein abwickeln" nicht aus seinem Kopf weichen wollten – „ a b w i c k e l n " !

Dann machte sich Hansson auf den Weg in den Konferenzraum, wo man ihn schon sehnlichst erwarten würde, und er stellte sich die einzelnen Gesichter vor, die seiner Entscheidung entgegen fieberten. Und das mit dem Senior-Chef, das würde ja auch bald vorbei sein.

----

23. Dezember 2015 - 20.30 Uhr

Diana Herbst hatte ihre Einkäufe erledigt. Sie war darüber mehr als glücklich. Schließlich war es kurz vor Weihnachten, und sie hatte schon die wenigen Geschenke ausgesucht und gekauft, die auf ihrer Liste standen. Sie warf noch einmal einen letzten Blick darauf und musste zugeben - es war eine recht kurze Liste. „Eine Liste hätte ich eigentlich gar nicht gebraucht", sagte sie zu sich.

Die Größe der Familie hielt sich in Grenzen. Eigentlich bestand diese neben ihr nur noch aus ihrem Bruder und aus ihrer Mutter Silvia. Ihr Vater lag schon lange begraben auf einem kleinen Friedhof, den er sich schon zu Lebzeiten ausgesucht hatte. Rummel um seine Person war ihm schon immer zuwider gewesen. Ein einfaches Kreuz aus Holz zeugte davon, wer in der schlichten Grabeinfassung seine Ruhe gefunden hatte.

Ihr Bruder hielt sich ein paar hundert Kilometer entfernt auf. Eigentlich wusste Diana gar nicht so genau, womit sich dieser beschäftigte, und die Adresse „Wie war die noch?" - musste er auch ständig umziehen?

„Das muss sich ändern", dachte sie bei sich, und vielleicht spielte da auch der Gedanke an Weihnachten und die Zeit der Besinnung und des aufeinander Zugehens eine Rolle. Sie selbst hatte keinen weiteren Menschen, der ihr nahe stand. Ein paar Fehlversuche waren zwar da, enttäuscht hatte sie sich aber jedes Mal zurück gezogen. Sie selbst war sich nicht sicher, ob es an ihr oder an einem der Partner gelegen hatte.

Ihre Mutter war eigentlich ihr einziger Halt, ihr Fels in der Brandung, der sie bis jetzt vor dem völligen Absturz bewahrt hatte. Vielleicht hatte sie sich zu sehr an sie geklammert, was einer neuen Partnerschaft nicht immer gut bekommt. „Wenn ich noch einmal etwas Neues anfangen will, sollte ich an diesem Problem arbeiten", sagte sie sich.

Im nächsten Moment, mit Blick auf die wenigen Päckchen unter ihrem Arm, war der vorherige Gedanke schon wieder verflogen. „Neuanfang, damit kann ich auch im nächsten Jahr beginnen – ist ja nicht mehr lange bis Neujahr", beruhigte sie ihre aufkommende Unruhe.

So war es immer, wenn Diana sich etwas vornahm. Ihr Durchsetzungsvermögen tendierte vehement abwärts, also blieb eigentlich alles wie es war – bis zum nächsten Anlauf.

Sie schaute auf ihre Uhr, die sie sich erst vor einer Stunde geleistet hatte – sozusagen war es ein Vorschuss auf Weihnachten – ein Selbstgeschenk. In diesem Augenblick fiel ihr auf, dass sie soeben an dem Gebäude vorbei kam, in dem ihre Mutter arbeitete. Das hohe Gebäude, das schon einem Tower gleich kam, überragte alle weiteren in einigem Umkreis. Und sie sah hinauf bis zum zehnten Stock.

Diana hatte sich bei einem letzten Besuch, der schon eine Ewigkeit her war, gemerkt, in welchem Zimmer ihre Mutter ihr Büro hatte. Und während sie noch einmal auf ihre Uhr sah, kam ihr der Gedanke, dass ihre Mutter noch oben sein könnte. Manchmal konnte sie auch sehr lange arbeiten, oftmals bis tief in die Nacht. Ob dies wirklich erforderlich oder eine Flucht war, konnte sich Diana nicht wirklich beantworten. Aber was soll`s - wenn es keinen beruflichen Grund gab, zu Hause wartete ja auch keiner auf sie.

„Auch das sollte ich ändern", sagte Diana zu sich selbst und bemerkte, dass sie wieder und zum wiederholten Male Selbstgespräche führte.

„Auch ein Zeichen, dass etwas nicht so rund läuft, wenn ich mit mir selbst sprechen muss", kam ihr der Gedanke.

----

23. Dezember 2015 - 20.30 Uhr -

Der immer noch über seine Bezeichnung lächelnde „Senior-Chef" stand vor dem Besprechungsraum. Seine Hand griff zur Türklinke der schweren Eichentür. Mit den Gedanken „ Jetzt habe ich sie lange genug schmoren lassen", öffnete er sie.

Ruckartig zuckten alle Köpfe des versammelten Aufsichtsrates Richtung Tür, während gleichzeitig im Raum das Gemurmel endete, das von Minute zu Minute des Wartens auf den „Chef" immer lauter geworden war. Es trat eine regelrechte Stille ein. Kein Atemgeräusch war zu hören, bis ein lautes und in diese Stille hinein unüberhörbares Knurren erklang, obwohl kein Hund im Raum war. „Entschuldigung", kam es aus dem Mund des Mannes, den jetzt alle weiteren Anwesenden entgeistert ansahen.

„Entschuldigung angenommen", sagte der „Chef". „Ich denke, Ihr Magen hält bereits eine Ansprache an das leckere Buffet, das ich dort hinten mit ebenfalls hungrigem Blick erkenne. Aber erst kommt noch ein bisschen Arbeit auf uns zu – vor dem Vergnügen!"

Alle in der versammelten Mannschaft lachten, auch der Magen-Mann schloss sich an. Der Chef setzte sich in den ihm gebührenden Sessel, sein Gesicht wurde jetzt ernst und die Stille hatte den Raum wieder eingeholt.

Albert Hansson sah in die Runde und bemerkte an jedem im Raum die Anspannung. Es lag nun allein an ihm, das einzige Thema des Abends, das heute anlag, anzusprechen und das zu beginnen, worauf alle Anwesenden warteten. Und der Chef sah auch bei wenigstens Zweien im Raum die Anzeichen von Unsicherheit und er wusste auch genau - warum. In dieser Nacht würde sich das Schicksal der Firma entscheiden, und die Unterschriften aller hier im Raum würde die Sache unwiderruflich besiegeln. Aber alle wussten auch, ohne die Chef-Unterschrift würde diese heutige Besprechung nichts wert sein.

----

23. Dezember 2015 - 20.35 Uhr -

Diana hatte sich entschieden. Wenn sie schon einmal so in der Nähe war, konnte sie auch den Versuch machen, ihre Mutter zu besuchen. Vielleicht hatte diese ja gerade jetzt in diesem Augenblick beschlossen, Feierabend zu machen. Und bevor der Gedanke an das, was sie zu ändern dachte, wieder verfliegen würde – beide könnten eventuell noch etwas Essen gehen, bevor ihr leeres Heim sie beide nach einem langen Tag erwartete.

Es waren jetzt nur ein paar Schritte bis zu der imposanten Eingangstür. Diana drückte den Knopf auf dem Messingschild „Albert Hansson sen.". Es war schon spät für ein Bürohaus, und der Eingang öffnete sich jetzt nicht mehr automatisch, wenn ein Besucher in die Lichtschranke eintrat. Diana erkannte hinter der Glastür den Portier, der zu ihr hinüber schaute. Er erkannte sie sogleich, auch wenn sie nicht gerade ein häufiger Gast dieses Hauses war. Aber er stellte sofort in seinem Kopf eine Verbindung mit ihr und ihrer Mutter her, die immer noch oben im Büro war - das wusste er.

„Guten Abend junge Frau", rief der Portier fröhlich, und Diana dachte „Wie schön ist es anzusehen, dass man auch im hohen Alter, das der Portier ohne Zweifel hat, noch so munter sein kann."

„Guten Abend", sagte auch sie. „Es freut auch mich, Sie hier zu sehen. Sie sind aber auch schon lange Jahre hier, nicht wahr?"

„Das ist richtig so, aber ich habe nur noch zwei Jahre, die ich sicher hier noch geduldet werde. Dann habe ich die Rente erreicht, und darauf freue ich mich auch schon sehr!"

Diana ging mit nochmaligem freundlichen Gruß zu einem der Aufzüge und nahm den, der sie in die zehnte Etage bringen würde.   Der Aufzug kam unverzüglich.

----

23. Dezember 2015 - 20.35 Uhr -

Silvia Herbst schloss ihr Büro ab und war im Begriff, den Fahrstuhl zu betreten, der sie in ein ungewisses Weihnachten entlassen würde. Ihr kam der Gedanke, dass sie trotz der späten Stunde noch etwas Vorrat einkaufen und mit nach Hause nehmen sollte. Sie ging zurück und betrat noch einmal ihr Büro, weil sie vor dem Einkauf noch kurz die Firmen-Toilette aufsuchen wollte – konnte ja noch einige Zeit dauern, bis sie dann zu Hause war. Und der Firmen-Toilette traute sie mehr als einer in einem Kaufhaus. Sie zog ihre Jacke wieder aus und legte sie über ihren Bürostuhl. Dann ging sie auf den Flur hinaus. Sie bemerkte das Blinken der roten Lampe über der Tür im Besprechungsraum, die signalisierte, dass ein Eintreten im Augenblick nicht erwünscht ist. Und sie dachte an die Worte ihres Chefs vom Haifischbecken, in dem der mit der hoffentlich richtigen Badehose wohl gerade seine Bahnen zog. Darüber musste sie unweigerlich schmunzeln. Noch immer hatte sie das für sie auffällige Verhalten ihres Chefs in ihren Gedanken. Das war wohl auch der Grund, dass sie das Blinken nicht bemerkte, das anzeigte, dass sie vergessen hatte, ihren Computer aus zu loggen.

Hätte sie darüber nachgedacht, wäre es ihr nicht in den Sinn gekommen, wann ihr dieses schon einmal passiert wäre.

Drei Räume weiter suchte sie den Raum für Ladies auf. Ihr Blick verirrte sich in den Spiegel, und sie meinte, dort heute eine etwas andere Silvia zu sehen – zumindest kam ihr das so vor.

Es kam einfach zu viel zusammen. Irgendwie war die Stimmung in der Firma anders. Sie konnte sich keinen Reim darauf machen, warum das so war, aber es kam ihr nun einmal so vor. Lag es an den bevorstehenden Weihnachtstagen? Diese spezielle Zeit kann schon Menschen verändern, auch wenn danach alles wieder im vorherigen Trott geschieht. Ihre innere Unruhe gestattete ihr einfach keine klaren Gedanken, um die sie sonst alle im Gebäude beneideten.

----

23. Dezember 2015 - 20.37 Uhr -

Dianas Aufzug erreichte die zehnte Etage. Sie überlegte noch kurz, ob es richtig ist, ihre Mutter in ihrer Arbeitsstätte ohne Absprache zu überfallen. Doch nur Sekunden später schüttelte sie diese Frage ab, trat aus dem Aufzug und machte sich auf den kurzen Weg zum Büro ihrer Mutter, das sie von einigen wenigen Besuchen in den letzten Jahren her kannte.

Im Büro brannte noch das Licht. Über der Lehne des Drehstuhls hing die Jacke ihrer Mutter. Auf einem Nebentisch stand ihre Handtasche. Das Büro war ansonsten leer. Wo war denn Silvia? War sie noch beim Chef in einer Besprechung? Lohnte es sich, auf sie zu warten, oder gab es wieder eine dieser Nachtsitzungen, von der ihre Mutter beim letzten Treffen gesprochen hatte? Ansonsten redete Silvia nie über ihre Tätigkeit. Diana hatte beim letzten Treffen festgestellt, dass ihre Mutter abgekämpft aussah, was die Tochter gar nicht von ihr gewohnt war. Dadurch war das Gespräch auf die „Nachtsitzungen" gekommen, und das man diese im fortgeschrittenen Alter doch nicht mehr so weg steckt, wie in jugendlichen Jahren.

Dianas Blick schweifte über die Wände im Büro. Sie konnte keine privaten Bilder entdecken, aber auch sonst - überhaupt nichts Privates gab es dort. Auf dem Schreibtisch stand eine Vase mit einem üppigen Blumenstrauß. „Ist der wohl vom Chef, oder hat Silvia sich diesen selbst gekauft?" durchfuhr Diana ein Gedanke. Und weiter dachte sie: „Meine Mutter ist eben ein echtes Arbeitstier."

Diana wollte schon aus dem Zimmer gehen, um auf dem Gang nach ihrer Mutter Ausschau zu halten. Sie war bei ihren Überlegungen zu dem Schluss gekommen, dass ihre Mutter die Toilette aufgesucht haben könnte. Die griffbereite Handtasche und die bereitliegende Jacke sprachen dafür.

Schon halb im Hinausgehen fiel Dianas Blick auf das andere Ende des Schreibtisches. Dort blickte sie aus einem Stapel Papier das Bild eines attraktiven jungen Mannes an. Sie ging um den Drehstuhl herum und nahm das Papier in die Hand. „Nein, das gehört sich doch nicht. Das geht dich nichts an", sprach ihr Gewissen in ihrem neugierig gewordenen hübschen Kopf. Es fiel ihr aber nicht einmal bewusst auf, dass sie jetzt auch die weiteren Papiere in Augenschein nahm. Weitere Fotos begegneten ihrem Blick.

Nur einen Moment später fiel bei ihr der Groschen und sie nahm zur Kenntnis, dass es sich um Mitarbeiter der Firma handeln musste. „Zwei von denen scheinen interessant zu sein", sagte sie zu sich selbst. „Vielleicht sollte ich dem mal auf den Grund gehen. Allein war ich lange genug."

Jetzt hörte Diana ein Geräusch, das vom Flur her kam. Schnell legte sie den Stapel an Papieren zurück auf den Schreibtisch. In ihrer Eile entglitt ihr eines der Blätter, das um den Schreibtisch herum segelte und fast vor der Innenseite der Bürotür liegen blieb. Blitzschnell griff Diana zu – das Geräusch auf dem Flur wurde lauter. Diana steckte das Blatt in ihre Jackentasche. Sie wollte nicht überrascht werden, zu neugierig gewesen zu sein. Das wäre eine sehr peinliche Situation. Schließlich wusste sie in diesem Augenblick ja auch noch gar nicht, ob das Geräusch von ihrer Mutter kam oder eventuell ein anderer Firmenmitarbeiter dieses Büro aufsuchen wollte. „Mein Gott – vielleicht ist es sogar der Chef selbst", durchzuckte sie ein unangenehmer Gedanke.

Diana hörte, dass dem Geräusch nach eine Frau auf dem Weg zu ihr war. Sie hatte recht, denn im nächsten Augenblick trat ihre Mutter ein – mächtig überrascht.

„Diana, mein Schatz", rief sie. „Wie schön, Dich zu sehen. Warst Du gerade in der Nähe? Lass uns doch zusammen etwas Essen gehen. Ich habe jetzt Feierabend. Oder hast Du etwas anderes vor?"

Dieser Wortschwall - von ihrer Mutter – war sie das wirklich? Diana kannte ihre Mutter eigentlich so gar nicht. Eigentlich überlegte Silvia ihre Worte und hielt sich eher kurz.

Sichtlich überrascht gab Diana von sich: „Nein, das wäre sehr schön. Lass uns etwas Essen gehen. Ich könnte auch etwas gebrauchen."

Die beiden verließen das Büro. Silvia schloss sorgfältig wie immer ab. Der Fahrstuhl brachte Mutter und Tochter in weniger als einer Minute nach unten. Der freundliche Portier winkte ihnen zu und wünschte „Noch einen schönen Abend!"

Das Papier in Dianas Tasche war vergessen. Silvias Computer blinkte noch immer.

----

23. Dezember 2015 - 20.45 h -

Im Konferenzraum hatten sich alle Anwesenden ein wenig Finger-Food vom aufgebauten Buffet gegönnt und sich ein Getränk eingegossen. Eine kleine Stärkung schien angebracht. Schließlich wusste im Augenblick keiner im Raum, wie lange diese Sitzung dauern und wann man dann Zugriff auf die leckeren Sachen bekommen würde.

Und im Hinblick auf den knurrenden Magen eines Mitarbeiters, der erst vor wenigen Augenblicken von allen vernommen wurde, hatte der Chef das Buffet kurzfristig noch vor der Sitzung eröffnet und darauf hingewiesen „... dass es nicht schaden kann, dass auch der Magen etwas arbeitet, wenn das Gehirn dies in den nächsten Stunden auch tun muss."

Während die letzten Bissen verspeist waren und die ersten Aufsichtsratsmitglieder bereits wieder ihre Plätze einnahmen, blickte der Chef noch einmal intensiv in die Runde. Wie viele Stunden, ja Tage oder Wochen, hatte er mit diesen Herren schon hier in diesem Raum Besprechungen abgehalten. Jetzt konnte es sein, dass dies heute das letzte Mal war, für ihn und die Herren, so denn hier und heute alles eine Regelung fand.

Er sah in die Runde und fühlte sich bei der Wahl eines runden Tisches wieder einmal bestätigt. Besser können sich alle Teilnehmer nicht im Blick haben. Schulterverspannungen nach links oder rechts fielen da nicht an.

Sigurd Schnell saß ihm gegenüber. Hansson wusste, dass der eine Vorliebe für Wassersport hatte. Schnell hatte in seinem Büro Bilder von Motorbooten an den Wänden, und auf seinem Schreibtisch stand ein Bild, das ihn zusammen mit einer üppigen Blonden auf einem sehr schnittigen Sportboot zeigte. Hansson neigte dazu, dass derartige private Dinge nicht in das Büro eines Mitgliedes des Aufsichtsrates gehören. Aber er zeigte Nachsicht, Schnell war Junggeselle, und seine Mitarbeit in der Firma war ohne Tadel.

Von **Gaston Kemmler** wusste Hansson, dass der ein begeisterter Koch war. Oft genug hatte er in Pausen-Gesprächen gehört, wie Kemmler von wahren Köstlichkeiten berichtet hatte, die er in seiner wohl sündhaft teuren Küche selbst hergestellt hatte. Trotz eines gewissen Abstands, den Hansson zwischen privat und Büro einhielt, erwischte er sich bei dem Gedanken, einer Kostprobe nicht abgeneigt zu sein.

Das würde jetzt nach dieser Nacht auch nicht mehr nachzuholen sein. Gut, es gab schlimmeres.

Meinolf Rauche war ein Sorgenkind. Er hatte mit gesundheitlichen Problemen zu kämpfen. Rauche war Nichtraucher im Gegensatz zu seiner Namens-Ähnlichkeit. Hansson schmunzelte erneut bei diesem Vergleich. Aber Rauche hatte Asthma, wie er sagte – vererbtes Asthma. Es gab Tage, da hatte er sehr darunter zu leiden, und es gab einige Besprechungen, die wegen ihm unterbrochen werden mussten. Alle hatten dafür aber immer Verständnis gezeigt, denn man war froh, nicht selbst unter so einer Geißel zu leiden. Auch heute Abend sah Hansson die kleine Sprühflasche, die Rauche zwischen Papieren, Federhalter und einem Getränk vom Buffet vor sich stehen hatte. Hansson hoffte, dass Rauche heute Abend keinen Gebrauch davon machen musste.

Roland Rotora war da noch, der die Fliegerei so gern hatte. Sein Hauptereignis war immer sein Helikopter-Fliegen. Hansson wusste, dass Rotora davon träumte, selbst einmal einen dieser Himmels-Künstler zu besitzen. Hatte er vielleicht im Vorgriff auf das heutige Abend-Ereignis bereits einen Heli bestellt? Rotora war relativ neu in der Firma, wenn zwei Jahre als neu gelten können.

Alfons Bergmann war der fünfte Mann im Aufsichtsrat. Von ihm wusste Hansson eigentlich nicht viel, außer dessen beruflicher Vorgeschichte. Bergmann hatte vor vielen Jahren einen Lebenslauf vorgelegt, der ihn als einen äußerst befähigten Mitarbeiter für diese Firma qualifizierte. Hansson hatte seine Einstellung nie bereut, vielleicht bis auf heute. In diesem Augenblick sah Hansson dies so, auch für die weiteren Mitglieder des Aufsichtsrates, die er am liebsten alle ausgetauscht hätte, um diesen Abend zu vermeiden. Aber das stand jetzt nicht mehr in seiner alleinigen Macht.

Inzwischen hatten alle wieder am Tisch Platz genommen. Hansson atmete ein letztes Mal durch, bevor er diese Sitzung nun offiziell eröffnete.

„Meine Herren, ich muss Ihnen ja wohl nicht sagen, dass dies heute nicht eine meiner angenehmsten Sitzungen ist", sagte er in ruhigem Ton, zu dem er sich allerdings ziemlich zwingen musste.

„In den letzten Tagen hat sich abgezeichnet, dass es für diese Firma keine andere Wahl gibt. Ich gehe da mit Ihnen nicht ganz konform, und nicht nur, weil es meine Firma ist, deren Ende jetzt absehbar ist – jedenfalls unter meiner Führung."

Während der Chef eine kurze Sprechpause einlegte, um seine Worte noch deutlich zu untermalen, hörte man – wenn man sich anstrengte – mehr als nur ein Paar Hufe unter dem Tisch scharren.

„Letztendlich sitzen wir aber hier an einem Tisch versammelt und werden heute Abend oder heute Nacht das Unausbleibliche durchziehen und durch Beschluss absegnen", fuhr Hansson fort – alle Anwesenden einen nach dem anderen mit einem abtastenden Blick ansehend.

Das Scharren hörte auf - eine absolute Stille setzte derart ein, dass man das Aufsetzen einer Fliege auf die Fensterbank hätte hören können, falls eine da gewesen wäre.

Die Stille im Raum hielt an - konnte gar nicht stiller werden, als Hansson fort fuhr: „ Meine Herren, ich habe also die für Sie erwartete positive Nachricht ausgesprochen.

Um diese Sache heute hier zu Ende zu bringen, habe ich aber noch einen letzten Punkt anzubringen, um dessen Zustimmung ich Sie nun herzlich bitte, bevor wir alle unsere Unterschriften unter den heutigen Beschluss setzen. Und ich bitte Sie darüber nachzudenken, dass es meine Unterschrift ist, die diesen Beschluss erst handlungsfähig macht. Dieser Punkt, den ich meine, ist mir von hoher Bedeutung. Wir alle hier im Raum sind für die Zukunft finanziell abgesichert. Für die Firma arbeiten jedoch noch weitere einhundert Menschen, die am Jahresanfang mit Schrecken und ohne weitere Vorwarnung feststellen werden, dass sie gewissermaßen auf der Straße sitzen."

Unruhe machte sich bei den Zuhörenden bemerkbar. „Was will uns Hansson damit sagen", diese Worte hingen wie ein riesiges Fragezeichen über ihnen.

Hansson blickte in die Runde und sah verstörte Mienen, die nicht wussten, was jetzt kommen würde.

„Ich sage dies so ausführlich, weil es nicht der Stil dieser Firma in der Vergangenheit war und auch nicht mein Stil in der Gegenwart ist.

Sie alle wissen, dass man mir gewissermaßen die Pistole auf die Brust gesetzt hat, diesem heutigen Beschluss zuzustimmen, ohne dass ein vernünftiger Sozialplan existiert. Sollte diese Firma nicht weiter geführt werden, was in diesem Augenblick niemand weiß, dann wird das mit „auf der Straße sitzen" für die weiteren Firmenangehörigen bittere Wahrheit werden. So ein Ende ist zumindest aus meiner Sicht heraus einfach empörend, aber die heutige Zeit ist wohl auch nicht mehr meine Zeit."

In den erwartungsvollen Gesichtern am Tisch war deutlich zu lesen „Komm zum Punkt, komm zu den Finanzen."

Hansson ließ eine weitere Minute verstreichen, bis er seinen angedeuteten Punkt erörterte: „Meine Herren, ich habe den Wunsch – und ich bitte den zu respektieren - dass vor der Auszahlung der bereits festgesetzten Beträge an Sie noch ein gewisser Betrag einbehalten und auf ein Notar-Ander-Konto überwiesen wird. Ich denke da an den Betrag von jeweils einer Million."

Das Scharren im Raum setzte schlagartig wieder ein. Ungläubiges Erstaunen schien sich mit Entsetzen in den Gesichtern abzuwechseln.

„Hören Sie mir erst einmal weiter zu, meine Herren", versuchte Hansson den aufkommenden Tumult in ruhige Bahnen zu lenken und hob energisch die Hand. „Ich denke, dass Sie nicht gleich verarmen, wenn dies so geschieht. Schließlich verbleiben Ihnen jeweils weitere zwei Millionen, über die Sie nach Abwicklung dieser Sache sofort verfügen können. Und diese eine weitere Million, die ist für Sie auch nicht verloren! Sie soll nur dann von dem angesprochenen Konto in einen weiteren noch zu gründenden Fond fließen, wenn Ihnen innerhalb von fünf Jahren etwas zustoßen sollte. Erst dann soll der dann vorhandene Betrag zu gleichen Teilen an die Menschen - oder ihre Erben - ausgezahlt werden, die bis jetzt auch zu Ihrem Vorteil für diese Firma gearbeitet haben. Ich finde, dies ist eine faire Vereinbarung, mit der auch ich – wenn auch mit ziemlich schlechtem Gewissen – leben kann."

Die fünf Angesprochenen sahen sich an. Es dauerte einige Minuten, bis die Ansprache des Chefs bei allen angekommen war, bis es „Klick" gemacht hatte in ihren Köpfen, bis sie kapiert hatten, dass man ihnen nichts weg nehmen würde. Sie müssten einfach nur alle noch fünf Jahre lang leben.

Es gab nicht einen unter ihnen, der dies nicht vor hatte.

Der Chef hatte seine Meinung gesagt und sein weiteres Anliegen vorgetragen, das bisher noch mit keinem Wort Gegenstand der Vereinbarungen gewesen war.

Hansson schaute in die Runde, sah sich noch einmal in Ruhe die Gesichter der weiteren anwesenden fünf Herren an. In seinem Kopf kreisten Gedanken, ob er mit seinem Vorschlag zu viel an Unruhe in diese Besprechung hinein gebracht hatte. Innerlich war er aber belustigt, wie die Blicke der Anderen unruhig und etwas konfus hin und her gingen. Nun, dieser Einfall, der wie ein großes Fragezeichen im Raum schwebte – schon wieder ein Fragezeichen – der war ihm ja auch erst gestern gekommen, als er mit einem alten Freund – einem Notar – eine Runde Golf spielte.

Blicke schienen nun genug gewechselt worden zu sein. Es wurde wieder ruhig im Raum. Zu Hanssons Erstaunen war es Roland Rotora, der nun das Wort ergriff.

„War der schon so wichtig, dass er jetzt der Sprecher der alteingesessenen anderen Aufsichtsratsmitglieder ist? Gibt es Dinge, die an mir vorbei geregelt wurden, von denen ich nichts erfahren habe?" sprachen die Gedanken in Hanssons Kopf.

Rotora erhob sich, sah seinen noch amtierenden Chef an und noch einmal nacheinander alle weiteren Männer im Raum. „Ich stelle fest, dass wohl alle Anwesenden Ihrem Vorschlag mehr oder weniger zustimmen wollen. Im Grunde ist es ein Vorschlag, der keinem besonders weh tut, wie Sie es ja selbst schon ausgeführt haben."

„Gut", sagte Hansson erleichtert. „Wenn jemand etwas zu sagen hat, dann soll er es jetzt tun – oder für immer schweigen! Wir sind hier zwar nicht auf einer Hochzeit, im Gegenteil, aber irgendwie scheint mir dieser Spruch auch für den heutigen Abend angebracht. Wenn ich also kein weiteres Handzeichen sehe, gehe ich davon aus, dass alles so eingetütet wird, wie gerade besprochen."

Alle nickten, keine Hand zeigte nach oben. Die Sitzung konnte also mit der Unterzeichnung der Verträge, die allen bekannt waren. abgeschlossen werden. Vielleicht dachten einige, dass jetzt schnell zugestimmt und die Sache über die Bühne gebracht werden sollte, denn wer wusste denn schon, ob der Chef noch etwas anderes auf Lager hatte. Und da Hansson bereits Verträge über das Notar-Ander-Konto und den ins Leben zu rufenden Fond mitgebracht hatte, wurden auch diese Angelegenheiten sogleich unterschriftlich geregelt.

Trotz der ergänzenden Neuigkeiten für fünf der anwesenden Herren war die Erleichterung im Raum deutlich spürbar.

----

23. Dezember 2015 - 22.00 Uhr -

Silvia Herbst und ihre Tochter genossen den gemeinsamen Abend. Sie hatten sich ein sehr gemütliches Restaurant ausgesucht und waren jetzt bei der Nachspeise angelangt, die hier als eine der Attraktionen der Speisekarte angeboten wurde.

Beide waren sich einig, dass sie viel mehr Zeit miteinander verbringen sollten. Für Silvia würde das bedeuten, dass sie mit ihrer Arbeitszeit etwas kürzer tritt. Diana würde sich regelmäßiger bei ihrer Mutter melden, wenn sie in der Stadt war. Diana war oft tagelang oder manchmal auch noch länger ortsabwesend. Sie war freiberuflich als Journalistin tätig und konnte es sich nicht leisten, Aufträge, die sie neben ihrer Freiheit angeboten bekam, abzulehnen – besonders, wenn sie lukrativ waren. Finanziell war sie nicht gerade auf Rosen gebettet. Ihre Mutter wusste das, unterstützte Diana ab und zu und übernahm die Rechnung. „Schön, dass ich wenigstens dies für meine Tochter tun kann", dachte sie und war in diesem Augenblick sehr glücklich und dankbar für die Zeit mit ihr.

Gleichzeitig dachte sie aber bereits darüber nach, wie sie ihre Arbeitszeit verkürzen soll. Und würde der Chef sie dabei unterstützen? Bis jetzt waren doch eher immer Überstunden angefallen.

Die beiden verabschiedeten sich und vereinbarten das nächste Treffen am 2. Weihnachtstag, da Diana einen Auftrag hatte – einen Bericht über eine deutsche Firma in Portugal zu recherchieren und wie diese mit ihrer Belegschaft die Weihnachtsfeiertage fern der Heimat verbringt.

Bereits morgen würde Diana ziemlich früh mit dem Flieger starten.   Sie war eigentlich sehr müde, aber dieser Abend hier mit ihrer Mutter war ihr sehr wichtig – sie würde die Müdigkeit am nächsten Morgen schon überstehen und versuchen, etwas im Flugzeug zu schlafen.

Silvia nahm sich ebenso wie Diana ein Taxi.   Ihre Gedanken schweiften schon wieder zur erwähnten verkürzten Arbeitszeit.   Wie sollte sie in diesem Augenblick auch ahnen, dass sie sich darüber umsonst Gedanken machte.

----

23. Dezember 2015 - 23.00 Uhr -

Albert Hansson bedankte sich trotz der Tragik in dieser Sache für den fairen Umgang miteinander an diesem Abend. Bis auf Roland Rotora und den Chef verließen alle weiteren Herren den Besprechungsraum. Rotora war an diesem Abend der Protokollführer, eigentlich eine Aufgabe, die ansonsten Frau Herbst übernahm. In dieser heiklen und bis jetzt immer noch höchst geheimen Angelegenheit war man zum Schluss gekommen, niemanden weiter einzuweihen, bis die Sache endgültig abgeschlossen war.

„Herr Rotora", sagte der Chef, „ darf ich Sie trotz der späten Stunde noch bitten, das Protokoll abzuschließen und dieses zusammen mit den gerade unterzeichneten Verträgen über das Konto und den Fond den anderen vier Herren zuzuleiten? Machen Sie dies bitte über unser firmeneigenes Programm, dann können sich die anderen Herren ihre Dokumente nach Belieben selbst ausdrucken."

Rotora nickte und ging flugs in sein Büro, um den letzten Akt dieses Abends in die Wege zu leiten.

„Wenn ich damit fertig bin", dachte er, „dann bin ich um drei Millionen reicher. Da lohnt es sich doch, ein letztes Mal bis nach Mitternacht zu arbeiten."

Albert Hanson verließ ebenfalls sein Büro, seine Firma und machte sich auf den Weg in die Tiefgarage. Es war ein langer Tag gewesen, bis in die Nacht, und besonders für ihn war es ein sehr schwieriger Akt, der heute über die Bühne gegangen war. Er konnte es in diesem Augenblick nicht übers Herz bringen, noch beim Nachtportier nachzuschauen, dem er sonst, wenn er länger blieb, noch eine Gute Nacht wünschte. Er fühlte, wie sehr ihn das alles mitgenommen hatte. Sein Herz machte sich wieder bemerkbar, und er war schließlich froh, als er zu Hause ankam.

----

24. Dezember 2015 - 10.00 Uhr -

Silvia Herbst hatte länger als sonst geschlafen. War es die Zufriedenheit über den gestrigen Abend mit ihrer Tochter? War es einfach nur ihr Körper, der verlangte, dass sie es etwas ruhiger angehen lassen sollte? „Egal", dachte sie, „aber ich fühle mich heute viel besser, woran es auch immer liegen mag." Sie frühstückte ausgiebig und las die heute besonders umfangreiche Zeitung, die ja gleich die beiden kommenden Feiertage mit abhandelte.

Zufrieden blickte sie sich in ihrer hübschen Wohnung um. „Klein, aber fein", dachte sie. „Die meiste Zeit bin ich ja doch nicht hier, was brauche ich da eine größere Wohnung." Die Wohnung war aufgeräumt. Ihr Mittagessen konnte heute getrost ausfallen, das Frühstück hielt wohl noch eine ganze Weile an.

Sie schaute aus ihrem Fenster - im ersten Stock. Waren da etwa leichte Schneeflocken zu sehen? Angesagt waren die ja, aber wie so oft traf das Wetter dann doch nicht zu. „Ein paar Flocken wären schön – etwas Schnee passt einfach zu Weihnachten", sagte sie laut vor sich hin.

Passanten waren zu sehen, die eilig durch die Straße gingen. Einige hatten Schirme aufgespannt – anscheinend schneite es wirklich ein bisschen, vielleicht waren es auch nur Regentropfen, durchsetzt mit ein paar Flocken. Eigentlich hatte sie jetzt nichts mehr zu tun. Aber in diesem Augenglick fiel ihr etwas ein. Sie hatte für ihre Tochter ja ein kleines Weihnachts-Geschenk gekauft. Und – großer Schreck - dieses hatte sie im Büro doch tatsächlich vergessen. Der Besuch ihrer Tochter dort hatte sie dermaßen überrascht, dass sie beim Verlassen des Hauses nicht mehr daran gedacht hatte. Oder war es im Unterbewusstsein geschehen, dass Silvia das noch nicht sehen sollte? Egal, nun lag das Päckchen dort, und Silvia würde am zweiten Weihnachtstag wie verabredet vorbei kommen. Sicher hatte auch sie ein Geschenk dabei – wie peinlich. Silvia handelte entschlossen, zog sich feste Schuhe an und ihren Mantel. Sie überlegte noch kurz, ob sie ein Taxi rufen sollte, einen Pkw leistete sie sich nicht – erschien ihr überflüssig. Dann nahm sie einen Schirm von der Garderobe und beschloss, einen langen Spaziergang zu unternehmen, einen Gang zum Büro, um das vergessene Päckchen zu holen. Auch wenn heute niemand im Gebäude sein sollte, sie selbst hatte ja einen Schlüssel für alle Fälle.

Als sie ihre Haustür öffnete, empfand sie die Luft dort draußen als sehr angenehm. Es herrschte tatsächlich ein leichter Schneefall. Sie spannte ihren Schirm auf und trat vergnügt auf die Straße. Kaum konnte sie sich erinnern, in letzter Zeit so einen langen Spaziergang unternommen zu haben. Wenn sie für den Rückweg zu müde sein sollte, konnte sie sich dann immer noch ein Taxi rufen – oder auch einfach den Bus nehmen.

----

24. Dezember 2015 - 11.30 Uhr -

Zur selben Zeit, als Silvia Herbst die Straße betrat, saß Albert Hansson in seinem Arbeitszimmer zu Hause. Er hatte überhaupt nicht gut geschlafen. Es war bei ihm regelrecht zu Albträumen gekommen. Der vorherige Tag im Büro verfolgte ihn. In seinen wilden Träumen hatte er den Portier gesehen, der ihn mit traurigen Augen angesehen hatte. Und Hansson war aufgeschreckt, voll wach gewesen, hatte daran gedacht, dass auch der Portier vor einer ungewissen Zukunft stand.

Der alte Herr – er schmunzelte - ist wahrscheinlich genau so alt wie ich. „Mein Gott", kam ihm in den Sinn. „Den hat ja noch mein Vater eingestellt. Der hat noch nicht die Rente durch. Was wird aus ihm werden, wenn er nicht „übernommen" wird?"

Hansson war zutiefst niedergeschlagen. Das Frühstück hatte ihm nicht geschmeckt. Lediglich eine Tasse Kaffee hatte er zu sich genommen. Seine Haushälterin sah ihn strafend an, als sie das Frühstück unangetastet wieder abräumte. Sie war schon lange im Haus und merkte sofort, dass mit „ihrem Chef" etwas nicht stimmte.

„Ich kann heute etwas länger bleiben, wenn Sie mich noch brauchen, Herr Hansson", sagte sie und wartete auf seine Reaktion. Der schreckte aus seinen Gedanken hoch, hatte ihre Frage jedoch gehört.

„Danke sehr, Maria", erwiderte er. „Es ist schon gut. Ich werde mich gleich noch etwas hin legen. Ein Mittagschlaf soll ja Wunder wirken. Gehen Sie ruhig nach Hause. Heute ist doch Heiligabend, und da werden Sie doch sicher schon sehnsüchtig erwartet."

„Das ist sehr nett von Ihnen, Herr Hansson. Ist es wirklich in Ordnung, dass ich jetzt gehe?"

„Alles ist in Ordnung, Maria. Aber bevor ich es vergesse, hier ist noch eine kleine Aufmerksamkeit für Sie, und sagen Sie nicht schon wieder, dass das doch nicht nötig ist. Sie haben es sich wirklich mehr als verdient. Ich bin froh, dass ich Sie als guten Geist im Hause habe, danke sehr für alles!"

Hansson überreichte ihr einen bunten Umschlag, der offensichtlich mehr als ein Blatt Papier enthielt. „Vielen Dank, Herr Hansson. Und Ihrem Wunsch entsprechend, ich nehme das gerne und dankend an, vielen Dank, vielen Dank!"

Hansson öffnete Maria die Tür, und beide wünschten sich schöne Feiertage. „Nun", sagte Hansson zu sich selbst. „Wenn es heißt „…jeden Tag eine gute Tat", so habe ich diese wenigstens heute vollbracht."

Er schloss die Tür und überlegte, ob er sich tatsächlich etwas zur Ruhe begeben, oder eine Runde Schwimmen gehen soll. Sein wunderschönes Schwimmbad im Anbau war schon länger verwaist – hatte ihn schon Tage lang nicht mehr gesehen.

----

24. Dezember 2015 - 12.05 Uhr -

Silvia Herbst war angekommen. Sie stand jetzt vor dem Gebäude, in dem sie so viele Jahre des Schaffens verbracht hatte. Sie sah hinauf – zur zehnten Etage. Bis auf diese waren im Augenblick nur noch wenige „bewohnt", wenn man dies so sagen kann. Silvia lächelte und dachte: „Bewohnt, das trifft eigentlich schon zu. Wenn ich rechnen würde, wie viele Stunden ich hier und wie viele in meiner Wohnung verbracht habe, dann würde es mich nicht wundern, wenn ich hier „wohnen" würde, zumindest – wenn man nur die Wochentage rechnet." Sie lachte laut auf, und ein Passant auf der Straße drehte sich nach ihr um, winkte ihr freundlich zu und wünschte ihr „schöne Feiertage".

„Das wünsche ich Ihnen auch, danke sehr", grüßte Silvia zurück, und der Passant dachte: „Die Frau hat aber eine gute Laune."

Ihre gute Laune hielt auch noch an, als sie in ihrer Etage aus dem Aufzug stieg. Heute brauchte sie ja nicht hier arbeiten, und Überstunden fielen heute schon gar nicht an. Schließlich war sie heute freiwillig hier, würde nur das Päckchen abholen und sich wieder auf den Heimweg machen.

Sie betrat ihren Flur. Ihr Blick fiel auf die Lampe über dem Besprechungsraum. Die war jetzt aus, und Silvia hatte auch nicht damit gerechnet, dass die Herren jetzt noch tagen würden. Erneut musste sie lächeln – über diesen Gedanken. Dann öffnete sie die Tür zu ihrem eigenen Büro. „Guten Tag, Büro", sagte sie. „Keine Angst, ich schaue heute nur mal kurz vorbei – bin gleich wieder weg. Und lieber Drucker, brauchst heute nicht zu arbeiten."

Wieder lachte sie und ahnte nicht, dass sie ihren Drucker soeben belogen hatte. Sie sah das Päckchen auf dem Sideboard liegen, nahm es und wollte gerade wieder ihr Büro verlassen. Im letzten Augenblick sah sie aus den Augenwinkeln heraus, dass etwas nicht normal war. Ihr Computer blinkte. Hatte sie diesen ebenfalls vergessen, wie das Päckchen? Silvia setzte sich an ihren Schreibtisch. Pflichtbewusst schaltete sie ihren PC nicht einfach nur aus. Sie vergewisserte sich, ob sie auch das gestern erarbeitete gesichert hatte, damit nichts verloren ging.

Auf dem Bildschirm erschien ein Text, ein ihr unbekannter Text. Silvia bewegte die Maus auf das Steuerende des Schriftstücks und stellte jetzt fest, dass dieses mehrere Seiten umfasste.

Zu ihrer Verwunderung befand sich am Ende auch noch ein Protokoll. „Ein Protokoll", dachte sie. „Das ist das erste Mal seit Jahren, dass ein Protokoll vorhanden ist, das ich nicht selbst geführt und geschrieben habe – merkwürdig!"

Sie überflog einige Zeilen und konnte nicht fassen, was sie zu lesen bekam. Ihre gute Laune war verflogen – Entsetzen hatte sich breit gemacht.

Was sie da las, war ein Vertrag über das Ende der Firma, das Ende ihres Arbeitsplatzes, das Ende der Arbeitsplätze der gesamten Belegschaft. Und dieses Ende betraf nicht nur diese zehnte Etage, sie betraf auch an die einhundert Menschen, die in zwei Werken außerhalb der Stadt für diese Firma arbeiten, schon seit langer Zeit arbeiten.

Silvia konnte sich nicht erheben. Sie war wie gelähmt – konnte nicht fassen, was sie soeben gelesen hatte. War deshalb die Stimmung in der Firma in letzter Zeit „so anders"? Schaute deshalb ihr Chef sorgenvoller drein, als sonst in den vielen Jahren zuvor?

Der belogene Drucker musste jetzt entgegen ihrem Versprechen doch noch arbeiten – und dies Heiligabend. Alles, was Silvia nicht lesen sollte, spuckte der Hochleistungs-Drucker jetzt aus.

In kürzester Zeit hatte Silvia einen großen Stapel Papier im Drucker-Fach. Sie musste sogar noch einmal Papier-Material nachfüllen.

Das Schluss-Protokoll der gestern statt gefundenen Aufsichtsratssitzung gab ihr den Rest. Fein säuberlich hatten alle fünf Vorstands-Mitglieder und der Chef ihre Zustimmung zur Auflösung der Firma gegeben.

Es war einfach nicht zu fassen, was Silvia da in Händen hatte. Wann wollte man ihr dies wohl alles sagen? Wann wollte man überhaupt etwas sagen, der weiteren Belegschaft etwas sagen? Sie hätte davon erst einmal nichts mit bekommen, wenn sie nicht noch einmal ins Büro zurück gekommen wäre. Silvia sah noch einmal ins Protokoll der Versand-Nachrichten des Systems. Absender war Roland Rotora als Protokollführer. Nur ganz kurz huschte ein Lächeln über ihr Gesicht. Offensichtlich war der Herr Protokollführer wohl nicht ganz vertraut mit dem Firmen-System. Sicherlich sollten diese Daten nicht auf Silvias Schirm erscheinen. Rotora hatte einfach den falschen Übermittlungsweg im System genommen, ein Kommando gebraucht, mit dem auch immer die Protokollführerin eine Abschrift erhielt. Und das war nun einmal seit Jahren Silvia. Er hätte einfach „reiner Vorstand" anklicken müssen.

„So viel zum Thema Sicherheit", dachte Silvia. Was hatte die Firma nicht alles in ihre Sicherheit investiert: der spezielle Umbau des Konferenzraumes, die ziemlich teuren Spezial-Dämpfungen, alles für die Sicherheit. Aber wo war denn jetzt diese Sicherheit, wenn auch nur ein falscher Klick alles über einen Haufen werfen kann? Irren ist wohl doch menschlich!

Silvia packte den Stapel Papier in einen Karton. Sie nahm kaum wahr, dass sie in den Aufzug stieg, die Halle durchschritt. Erst als ihr der kalte Hauch des Wintertages ins Gesicht fuhr, verspürte sie wieder die Realität – eine Realität, auf die sie herzlich gerne verzichtet hätte.

Sie winkte ein Taxi heran. Für den Heimweg hatte sie keine Kraft mehr, erst recht nicht mit einem dicken Karton unter dem Arm, den sie auf dem Rücksitz verstaute. „Papier kann verdammt schwer sein", bemerkte sie.

Unterwegs änderte Silvia ihre Meinung. Sie gab dem Taxifahrer ein anderes Ziel an. Das neue Ziel war jetzt der Bungalow ihres Chefs, der dies bald nicht mehr sein würde. Das neue Ziel hieß jetzt „Albert Hansson".

----

24. Dezember 2015 - 14.00 Uhr -

Albert Hansson schob den Gedanken an seine Schwimmhalle an die Seite und ging noch einmal in sein Büro. „Schwimmen kannst Du auch später", sagte er sich. „Aber jetzt muss ich noch etwas dringend erledigen, sonst habe ich keine Ruhe."

Er nahm eine Mappe aus der obersten Schreibtischlade, wo er private Dinge aufbewahrte. „Die oberste und somit erste Schublade ist also privat", schmunzelte er. „Anscheinend kann ich das Büro doch ab und zu vergessen." Doch nur Sekunden dauerte es, um ihn wieder nachdenklich werden zu lassen. Er entnahm der Mappe ein Blatt Schreibpapier, das als Briefkopf seine Initialen enthielt. „Liebe Frau Silvia Herbst", begann er. „Eigentlich hatte ich nicht vor, diesen Brief zu schreiben. Sie haben es verdient, dass ich Ihnen einige Dinge von Angesicht zu Angesicht erklären müsste. Aber bestimmte Firmen-Angelegenheiten haben sich so drastisch entwickelt, dass alles etwas anders gekommen ist, wie ich mir das vor genommen hatte. Meine – unsere – Firma steht vor dem Aus. Die Zeiten sind hart, die Patente sind am Ende, Konkurrenz drängt in die Lücken.

Ich habe es mir unendlich schwer gemacht, aber es bleibt keine andere Wahl. Produziert wird heute an anderen Orten kostengünstiger. Bevor die Firma gar nicht mehr mithalten kann und das Ende sowieso kommt, wurde eine Vereinbarung getroffen. Um den drohenden Konkurs abzuwenden, wird die Firma bzw. werden deren Patente an eine ziemlich große Gesellschaft, die weltweit agiert, verkauft. Das allein ist nicht der ganze Grund, aber das sage ich Ihnen jetzt nur (bitte) ganz vertraulich. Unsere Herren vom Aufsichtsrat würden ihre Einlagen, die eine beträchtliche Höhe haben, aus der Firma ziehen, um ein späteres Risiko, wie ich es vorstehend geschildert habe, gering zu halten. Das wäre das Ende der Firma. Die Herren wollen ihre Schäfchen also im Trockenen haben. Nachträglich wundere ich mich jetzt doch darüber, dass Roland Rotora so hoch bei uns eingestiegen ist und sich in so kurzer Zeit zum Sprecher der letzten Versammlung gemacht hat. Irgendwie kommt mir das jetzt seltsam vor. Aber alles ist für mich jetzt zu spät. Mir ist so zumute, wie eine Pistole auf die Brust gesetzt zu bekommen. Sie erinnern sich sicher noch an meine Rede vom Haifischbecken? Trotz meiner richtigen Badehose konnte ich nur noch Schadens-Begrenzung erreichen, indem auch ich zugestimmt habe.

Das habe ich nur mit erheblichen Bauchschmerzen getan, wie Sie mir hoffentlich glauben werden. Ich bitte Sie herzlich darum. Das mögliche herausholen, nicht allein für mich, sondern für alle Mitglieder der Firma, das hatte in den letzten Tagen höchste Priorität für mich. Veranlasst habe ich, dass vom Firmenvermögen, das mir privat bleibt, jeder Mann und jede Frau, die in unseren Außenstellen arbeitet, eine gewisse Summe überwiesen bekommt.

Sie, liebe Frau Herbst, haben einen großen Anteil am bisherigen Erfolg unserer Firma. Deshalb habe ich dafür gesorgt, dass natürlich auch Sie eine Abfindung erhalten. Es tut mir leid, das Wort Abfindung finde ich scheußlich. Womit sollen Sie sich abfinden – damit, dass Sie Ihren Arbeitsplatz verlieren? Dass dies in so einer Weise passiert, das haben Sie nicht verdient! Zum Glück haben Sie nur noch eine kurze Zeit bis zur Rente. Damit die Zeit bis dahin nicht ganz so schlimm ist, wenigstens finanziell, habe ich auf Ihr Konto die Summe von 200.000,- Euro angewiesen. Bitte verzeihen Sie mir; ich schulde Ihnen tiefen Dank! Meine Wertschätzung für Sie ist vielfach höher als die genannte Summe. Ich schreibe Ihnen diesen Brief auch aus dem Grund, weil ich am Montag nun doch nicht in der Firma erscheinen werde.

Keine Angst, ich werde eine Auszeit nehmen und mit einem guten Freund einige Runden Golf in Schottland spielen. Ich glaube nicht, dass ich dort alles abschütteln kann, aber nach dieser letzten Zeit muss ich an meine Gesundheit denken, wenn ich noch etwas von meinem restlichen Leben haben will. Sobald ich zurück bin, melde ich mich bei Ihnen, das verspreche ich!

…mit vielen freundlichen Grüßen"

Hansson las sich den Brief noch zweimal durch, konnte aber keine anderen Worte finden. Er zog sich eine Jacke über, rief ein Taxi und ließ sich zur Wohnung von Silvia Herbst fahren. Er fühlte sich einfach nicht in der Lage zu einem persönlichen Gespräch. Deshalb würde er den Brief in ihren Briefkasten werfen, wo sie ihn finden und sein Nichterscheinen am Montag in der Firma verstehen konnte. Er dachte mit Schaudern daran, wie es Frau Herbst nach dem Lesen des Briefs zumute sein musste – ändern konnte er aber nichts mehr.

Das Taxi hatte das angegebene Ziel erreicht. Hansson schauderte es erneut. Er blickte, noch im Taxi sitzend, in den ersten Stock und sah sich die Fenster an.

Eine Bewegung dort konnte er nicht erkennen. Hansson wusste auch nicht warum, aber mit einem Ruck schmiss er seine bisherigen Überlegungen über den Haufen. Er gab dem Taxifahrer eine fünfzig Euro-Note und bat ihn, auf ihn zu warten. Hansson gab sich zehn Minuten für eine kurze Unterredung. „Wenigstens diese Minuten sind persönlich", sagte sich Hansson.

Zaghaft näherte sich seine Hand der Klingelanlage, auf der deutlich „Silvia Herbst" stand. Ein kurzes Zögern noch, dann drückte er die Klingel. Er hörte das Geräusch bis unten zur Haustür – aber nichts passierte. Noch einmal betätigte er die Klingel, wartete noch eine Minute, aber wieder passierte nichts. Kein Signal kam aus der Wohnung Herbst. Er hatte es versucht, und trotzdem verspürte er eine Art Erleichterung, dass es ihm abgenommen wurde, heute kein persönliches Gespräch führen zu müssen. Der Briefkasten mit der Aufschrift „Herbst" schluckte brav den vorbereiteten Brief. Hansson bestieg erneut sein Taxi, das vereinbarungsgemäß auf ihn am Straßenrand wartete. Es sollte wohl so sein, Silvia Herbst war nicht zu Hause.

Das Taxi brachte ihn nach Hause zurück. Er ließ dem Fahrer alles Wechselgeld und wünschte ihm noch „Frohe Weihnachtstage".

Dann betrat er den Bungalow und bemerkte, dass Maria ihm in seiner Abwesenheit Gebäck gebracht hatte. Das schätzte er sehr und probierte sofort ein Stück davon. Albert Hansson beschloss, nun doch noch einige Runden in seinem großzügigen Pool zu drehen. Er ging in den Umkleideraum, wo er die Straßenkleidung mit seiner Badehose tauschte. In den eigentlichen Pool führte direkt aus diesem Raum ein Kanal, dessen Wasser man nach vier Stufen erreichte. Der Clou daran war, dass man durch eine Strömungsanlage sanft in den großen Pool getragen wurde, ohne etwas dafür tun zu müssen. Der Architekt hatte damals einige gute Ideen gehabt und verwirklicht. Hansson genoss dies und ließ sich entspannt treiben.

14.50 Uhr zeigte die große Wanduhr an der Schwimmhalle

----

24. Dezember 2015 - 16.00 Uhr -

Silvia Herbst schaute auf ihre Armbanduhr und war erstaunt, wie spät es geworden war. Sie hatte sich anscheinend ziemlich lange im Büro aufgehalten. Kein Wunder, denn die Lesearbeit, die sie zu ungläubigen Staunen und Entsetzen gebracht hatte und der Drucker, der auch noch einiges an Arbeit verrichten musste, das hatte doch einiges an Zeit gekostet.

Ihr Taxi bog jetzt in das noble Viertel ein, in dem ihr Chef - oder war es jetzt schon ihr Ex-Chef - seinen Bungalow hatte. Noch eine Rechtskurve, dann würde man diesen schon sehen können und Sekunden später in die großzügige Einfahrt einbiegen. Silvia war einige Male Gast bei den Hanssons gewesen. Sie erinnerte sich, dass sie Gast bei einem Jubiläum der Firma gewesen war, welches der Chef dort im Bungalow im kleinen Kreis gefeiert hatte. Welches Firmen-Jubiläums-Jahr das gewesen war, das fiel ihr jetzt beim besten Willen nicht ein. Sie wusste nur noch, dass es eine sehr schöne Feier war, mit dezenter Musik, leckerem Wein und einem Super-Buffet, wie sie es noch nie zuvor gesehen hatte.

Beim letzten Besuch lebte die Frau vom Chef noch, eine sehr schöne und sympathische Frau, die niemals durchblicken ließ, dass sie gewissermaßen zur gehobenen Gesellschaft der Stadt gehörte. Nach ihrem Tode hatte es sehr lange gedauert, bis Albert Hansson damit klar gekommen war - eigentlich aber war dies nie ganz der Fall gewesen.

In diesem Augenblick gab die Kurve den Blick auf das anvisierte Gebäude frei. Doch nichts war wie sonst in dieser friedlichen Gegend.

Silvia, die vorn rechts auf dem Beifahrersitz des Taxis saß, wurde aus ihren Gedanken gerissen, als der Fahrer scharf abbremste. Es gab einen Grund dafür. Silvia starrte auf das, was vor ihr war, und was sie sah, verhieß nichts Gutes. Die Straße war gesperrt. „Polizei-Absperrung" stand auf den wehenden Bändern, die ein Weiterfahren verwehrten. Blaulicht wechselte sich mit roten Lichtern ab, Lichter, die blinkten und von Polizei- und Rettungsfahrzeugen stammten.

„Mein Gott", entfuhr es Silvia. „Das dort abgesperrte Gelände gehört zum Bungalow meines Chefs!" Was sollte sie tun?

Mit dem Besuch beim Chef und zu dem für dringend notwendig erachteten Gespräch würde es heute wohl kaum noch kommen. Sie konnte nicht wissen, dass der Chef genau dieses Gespräch ebenfalls gesucht hatte und vor ungefähr einer Stunde vor ihrer Wohnung stand – zu der Zeit, als Silvia noch im Firmengebäude war.

Silvia entschloss sich, dennoch zu versuchen, zum Bungalow zu gelangen. Zuviel war heute passiert, dass sie jetzt ohne weitere Erkenntnisse des Geschehens in Ruhe in ihre Wohnung zurück kehren mochte. Es ging ihr jetzt nicht mehr um das „Gespräch". Sie wollte einfach wissen, was los war, bezahlte ihren Fahrer, stieg aus und ging auf die Absperrung zu. Vor der stand ein freundlich dreinblickender junger Polizist, der lässig den Arm hob und ihr mit autoritärer Stimme zu verstehen gab, dass es hier kein Durchkommen für sie gibt.

Silvia akzeptierte, sah an ihm vorbei, wollte sich schon abwenden und war mit einem Mal ganz anderer Meinung. „Ich kenne die Frau, die auf der Treppe vor dem Bungalow sitzt", sagte sie. „Das ist die Hausangestellte meines Chefs, das ist Maria. Sehen Sie doch, wie aufgelöst sie ist, wie schlecht es ihr geht. Lassen Sie mich doch bitte bis zu ihr; ich kann vielleicht helfen, sie trösten."

Der Polizeibeamte sah ebenfalls hinüber zu der Frau auf der Treppe, die offensichtlich in höchster Erregung dort saß und aufgelöst weinte.

„Ok, gute Frau", sagte er. „Gehen Sie hinüber, aber auf keinen Fall dürfen Sie den Bungalow betreten. Haben Sie das verstanden?"

„Ja, vielen Dank, alles klar. Aber können Sie mir noch kurz sagen, was passiert ist, damit ich wenigstens etwas vorbereitet zu der Frau komme?"

Die Antwort des Polizeibeamten kam spontan: „Dort hat es einen Todesfall gegeben. Der Hausherr ist wohl in seinem Schwimmbad ertrunken. Mehr weiß ich im Augenblick auch noch nicht."

Der Schock saß tief. Silvia war einen Moment lang nicht in der Lage, sich zu bewegen. Der Polizeibeamte lächelte sie an und hob das Absperrband. „Wollen Sie nun hindurch?"

Während Silvia auf den Bungalow zu schritt, spürte sie eine erste Träne auf ihrer Wange. Wie betäubt ging sie weiter – auf die laut klagende Maria zu. „Reiß dich zusammen, Silvia", sagte sie sich. „Schließlich bist du es, die hier trösten will." Sie erreichte Maria, die trotz allen Schmerzes nun wahr nahm, dass jemand vor ihr stand.

Maria stand sofort auf, beide Frauen lagen sich in den Armen, beide ließen ihren Tränen vollen Lauf. „Maria, was ist passiert – weißt Du etwas?"

Diese konnte sich kaum beruhigen. Nach einiger Zeit, die ihr Silvia ohne weiter nach zu fragen gab, antwortete Maria: „Der gute alte Herr Hansson, sein Herz, das Schwimmbad – er ist wohl ertrunken, und ich mache mir große Vorwürfe, dass ich heute so früh nach Hause gegangen bin, nicht da gewesen bin. Aber er hat mich doch nach Hause geschickt – weil doch heute Heiligabend ist."

Silvia wusste, dass Maria keine Schuld hat. Von den Geschehnissen in der Firma konnte sie nichts wissen. Aber darüber konnte Silvia jetzt auch nicht sprechen. Es war für Hansson wohl einfach alles zu viel gewesen und dann sein schwaches Herz

Maria wischte sich die Tränen ab, versuchte dies wenigstens, aber deren Strom schien nicht abreißen zu wollen. Mit Tränen-erstickter Stimme sagte sie: „Nachdem ich dann zu Hause war, habe ich für die Feiertage unsere typische Mallorca-Spezialität gebacken, ein sehr beliebtes Fettgebäck, das auch Herr Hansson gerne gegessen hat. Ich habe es doch nur gut gemeint und ihm ein paar Stücke davon mitgebracht. Und jetzt mache ich mir große Vorwürfe.

Ich mache mir deshalb Vorwürfe, weil die doch so fettig sind. Ich mache mir Vorwürfe, dass ich das mit dem Herzen mit ausgelöst habe. Oh, mein Gott, hoffentlich habe ich ihn nicht umgebracht! Ich war so unruhig und wollte noch einmal nachsehen. Da habe ich Herrn Hansson gefunden. Wäre ich doch eher wieder hier gewesen. Vielleicht hätte ich ihn retten können."

Silvia war bestürzt über Marias Gedanken, wusste sie es doch besser, dass das Gebäck ihren Chef nicht umgebracht haben konnte. Hansson hatte ihr einmal von seiner Haushälterin erzählt und auch davon, dass sie eben dieses Gebäck in großen Abständen mit brachte. Er aß sehr sorgfältig, mit Bedacht und nie zu viel auf einmal – wegen seiner Herzprobleme, aber das ganz allgemein in Bezug auf seine ganzen Essgewohnheiten und nicht nur wegen Marias Speise.

Silvia sagte ihr dies, Maria sah sie fragend an. Dann schien sie zu verstehen und beruhigte sich ein wenig. Ein letztes Mal trocknete Maria ihre Tränen, dann hatte sie sich gefasst – so gut wie dies in dieser Situation eben überhaupt möglich war.

Die beiden Frauen konnten hier nichts mehr tun. Sie hinterließen bei einem der Polizeibeamten ihre Personalien.

Dann gingen sie zum Absperrband, das der freundliche Beamte erneut anhob, gingen hindurch und standen nun auf der Straße.

Maria war mit dem Auto gekommen, fühlte sich aber keinesfalls in der Lage zu Fahren – verständlich. Da Silvia ohne Gefährt da stand, rief sie erneut ein Taxi, brachte zuerst Maria nach Hause, die unterwegs immer wieder zu schluchzen anfing und ließ sich dann nach Hause bringen.

Al sie dort ausstieg, sagte der freundliche Fahrer: „Haben Sie nicht etwas vergessen?"

Silvia verstand nicht, sie war noch zu konfus vom ganzen Geschehen.   Dann blickte sie dem Fahrer noch einmal voll ins Gesicht.   Das war doch der Taxifahrer, der sie zum Bungalow gefahren hatte und der noch in der Nähe auf eine nächste Fahrt gewartet hatte.

Der Fahrer öffnete die hintere Tür des Taxis und nahm einen Karton heraus, der offensichtlich sehr schwer war.   Silvia erkannte ihren Karton mit den Papieren aus der Firma.   Sie hatte ihn beim Anblick der blinkenden Fahrzeuge vor dem Bungalow komplett vergessen, und der Fahrer hatte bei der Abfahrt auch nicht mehr auf den Rücksitz gesehen.

Silvia betrat um 17.08 Uhr ihre Wohnung und ließ sich in einen der Sessel fallen. Tränen schossen ihr erneut ins Gesicht und wollten sie für lange Zeit nicht mehr verlassen.

----

24. Dezember 2015 - 19.15 Uhr -

Am Bungalow sammelten Polizei, Sanitäter, Ärzte und Spurensicherung ihre sieben Sachen zusammen. Nach und nach verließen die Einsatzfahrzeuge die Siedlung. Der Notarzt hatte den Tod durch Ertrinken einwandfrei festgestellt. Nach einem Hinweis von Maria war auch der Hausarzt von Hansson sofort erschienen, hatte alles bestätigt, besonders, dass sein Patient unter schweren Herzproblemen litt. Es war ein natürlicher Tod durch Überlastung eingetreten, der sich auch schon einige Zeit vorher hätte ereignen können. Hansson war bereits von einem Beerdigungsinstitut abgeholt worden. Polizei und beide Ärzte hatten eine Obduktion als nicht notwendig erachtet. Ein tragischer Fall eben – sicherlich, ein Fall, der aber noch weitreichende Folgen haben sollte.

----

25. Dezember 2015 - 9.05 Uhr -

Silvia schreckte hoch und sah auf die Uhr. „So spät schon", dachte sie, und dann fiel ihr ein, dass sie ja gestern Abend überhaupt nicht einschlafen konnte. Erst gegen Mitternacht hatte sie eine Schlaftablette genommen, die wohl ihre Wirkung auch voll entfaltet hatte. Silvia stellte fest, dass sie noch voll angezogen war – bis auf die Schuhe. In all dem Drama hatte sie das schlicht nicht für nötig gehalten, einen Schlafanzug anzuziehen. Sie stellte in der Küche die Kaffeemaschine an, nach Essen war ihr nicht. Die Dusche tat ihr gut. Sie war wieder etwas frischer und wacher, zog neue Wäsche an, nippte an ihrem Kaffee, der ihr heute nicht sonderlich schmecken wollte.

Der Karton aus dem Büro stand noch immer in der Diele. Silvia holte den ins Wohnzimmer und begann damit, die ausgedruckten Papiere heraus zu nehmen. Nach einander las sie sich noch einmal alles durch – immer noch um Verständnis ringend.

Mitten in ihren Überlegungen klingelte ihr Handy. Silvia schrak hoch, sah auf das Display und erkannte, dass es ihre Tochter war, die anrief.

Silvia bemühte sich um Fassung, schluckte noch einige Male und drückte dann auf die Taste für die Gesprächsannahme.

„Hallo, alles Gute zu Weihnachten", rief Diana fröhlich, nicht ahnend, in welcher Verfassung ihre Mutter war – wie sollte sie auch.

„Selber hallo, Töchterchen – auch Dir ein schönes Weihnachtsfest", antwortete Silvia, sich um eine feste Stimme bemühend, was ihr sehr schwer fiel.

„Mama, ich muss Dir leider etwas sagen, was mir etwas unangenehm ist", kam weiter Dianas Stimme aus dem Gerät.

„Oh – nein, was soll denn noch alles passiert sein", dachte sich Silvia, sagte dies aber nicht. Diana bemerkte die Pause, was ihr seltsam vor kam. Ansonsten war sie von ihrer Mutter gewohnt, dass diese postwendend immer eine Antwort parat hatte. „Mama, ist alles in Ordnung bei Dir?", fragte Diana vorsichtig. „Wenn nicht, dann kann ich das auch sein lassen, was ich vor habe."

„Auf keinen Fall, aber sag mir doch erst einmal, was genau Du vor hast." Es entstand eine längere Pause, bevor Diana antwortete:

„Wir wollten uns ja am zweiten Weihnachtstag treffen. Nun, ich überlege, ob wir unser Treffen vielleicht auf einen anderen Zeitpunkt verlegen können. Gut, ich muss Dir das sagen, dass ich ein sagenhaftes Angebot bekommen habe. Ich bin für eine Reportage vorgesehen, die ziemlich weit weg sein wird."

„Wie weit denn weg?", fragte Silvia. Sie musste sich zwingen, ihre Stimme nicht zittrig klingen zu lassen.

„Ja – es wäre schon sehr weit weg. Die Reportage müsste ich in Südafrika erledigen. Ich sollte auch gleich dazu sagen, dass ich dann schon morgen von hier aus dorthin durch starten müsste - ohne vorher noch nach Hause zu kommen. Du weißt, ich bin ja im Augenblick in Portugal."

Silvia war es gar nicht gut zumute – ihr war regelrecht schwindelig. Sicherlich gönnte sie ihrer Tochter diesen Auftrag, auf den sie doch so lange gewartet hatte und der den Durchbruch bedeuten konnte. Aber im Augenblick hätte sie ihre Tochter auch sehr gerne in der Nähe gehabt.

Trotzdem überlegte Silvia nicht lange, als sie antwortete: „Natürlich, mein Schatz – diese Chance kannst Du Dir doch nicht entgehen lassen. Ich wünsche Dir viel Erfolg in Südafrika.

Wir sehen uns dann, sobald Du wieder hier bist. Wann wird das übrigens sein?"

Jetzt entstand eine Pause, die von Diana ausging, doch dann kam eine Antwort, die sehr zögerlich und vorsichtig klang. „Für diese Reportage müsste ich zwei Monate lang in Südafrika bleiben. Ich weiß, das ist eine lange Zeit – sorry. Soll ich absagen?"

Silvias Schwindel war nicht verflogen. Im Gegenteil, der hatte noch eine Schaufel drauf gelegt – gut, dass sie saß! Aber sie fing sich auch wieder.

„Mein lieber Schatz, natürlich fährst Du nach Südafrika. Ich wünsche Dir eine schöne Zeit dort, und ich freue mich schon darauf, was Du mir dann alles zu berichten hast. Mach Dir keine Sorgen". Silvia musste all ihre Kraft zusammen nehmen.

„Danke, Mama – auch Du bist ein Schatz. Ich melde mich dann, sobald ich dort angekommen bin."

Das Gespräch war zu Ende, der Inhalt schwirrte aber noch lange in Silvias Kopf herum. „Dies ist ein schlimmes Weihnachten für mich - besonders dieser Tag ist furchtbar", sprachen ihre Gedanken. „Erst passiert das in der Firma, dann die schreckliche Sache mit dem Chef, und nun ist auch meine Tochter für lange Zeit unerreichbar weit weg."

Silvia saß wohl an die zwei Stunden so da – unfähig, einen klaren Gedanken zu fassen. Sie war allein, es gab für sie im Augenblick nichts zu tun. Eine weitere halbe Stunde später fasste sie einen Entschluss. Sie zog wieder ihren Mantel an, schnappte sich den Schirm und machte sich erneut auf den Weg in die Firma. Draußen schneite es jetzt heftiger. Es machte ihr nichts aus. Auch der weite Weg machte ihr nichts aus. Sie hatte sogar den Eindruck, dass ihr auch heute die kühle aber frische Luft draußen mehr Platz zum Atmen ließ.

----

25. Dezember 2015 - 11.55 Uhr -

Es war wohl kälter geworden. Silvia hatte dies unterschätzt. Handschuhe und etwas für den Kopf hatte sie nicht eingeplant. Jetzt war sie froh, dass das Firmengebäude schon in Sichtweite kam. Und froh war sie, dass sie auch heute niemand aufhielt, niemand sie ansprach.

Der Aufzug reagierte auf Knopfdruck. Sofort öffnete sich die Tür - schien wohl schon auf Silvia gewartet haben. Eine Minute später stand sie vor ihrer Bürotür, schloss auf und fuhr den Computer hoch. Auf dem Bildschirm erschien das Protokoll und auch die Aufzeichnung der Papiere, die Silvia so in Schrecken und Verstörung versetzt hatten, war noch dort sichtbar – noch nicht gelöscht. Silvia suchte im System nach weiteren Nachrichten oder Dokumenten, die relevant waren und die ihr bis jetzt noch nicht zur Kenntnis gegeben wurden. Aber mehr war nicht ersichtlich – selbst der „PC-Papierkorb" enthielt nichts dem entsprechendes. Anscheinend hatte man das Firmen - Programm gründlich gesäubert, bis auf die Nachlässigkeit von Rotora, die dazu geführt hatte, dass Silvia doch schon frühzeitig Kenntnis vom Geheimnis über die Firmenauflösung bekommen hatte.

„Jetzt bin ich einmal hier", sagte sich Silvia. „Vielleicht komme ich auch nie wieder in diese Firma." Sie verließ ihr Büro, aber nur, um die nächste Tür zu öffnen. Sie öffnete Tür um Tür aller Büros in der zehnten Etage, schließlich besaß sie einen General-Schlüssel. Die Büros machten alle einen aufgeräumten Eindruck, sahen aus, als ob hier lange Zeit niemand gearbeitet hatte. „Die Herren haben anscheinend gründlich aufgeräumt", dachte sie erneut. Silvia fand kein weiteres Material, das ihr Interesse geweckt hätte.

Als letzten Raum betrat Silvia den Besprechungsraum, in dem das Drama um die Firma wohl ihren Abschluss gefunden hatte. Auch dieser Raum enthielt nichts von Bedeutung. Nicht ein Blatt Papier lag auf dem Schreibtisch. Die ganzen Büros sahen so aus, als würde überhaupt niemand mehr hier erscheinen, als wäre ein Umzug von statten gegangen– bis auf die Möbel.

Silvia bemerkte, wie es ihr heiß und kalt über den Rücken lief. Schwindel erfasste sie erneut – war sie eigentlich gar nicht gewohnt. Ein letzter Gesundheits-Check vor einigen Monaten hatte nur ordentliche Werte hervor gebracht. Aber jetzt war dieser Schwindel schon wieder da, wie kurz nach dem Gespräch mit ihrer Tochter.

Der Besprechungsraum war eigentlich groß genug, hatte genug Raum und Platz für Sauerstoff. Aber Silvia hatte den Eindruck, dass sie nicht genug Luft bekam. Unsicher waren ihre Schritte, als sie auf die Wand mit den vielen Fenstern zuging, die eine weite Sicht in die Ferne zuließen – kein Wunder im zehnten Stock. Die Gardinen waren nicht geschlossen, Sicherheit vor neugierigen Blicken jeglicher Art war heute nicht gefragt. Der kalte Wintertag schaute herein. Schon oft hatte sie diese Aussicht bewundert. Dieses Mal kam ihr die Ferne jedoch anders vor, wie Nebel, sehr dichter Nebel.

Vor ihren Augen entstand regelrecht ein Nebelvorhang. Sie öffnete eines der Fenster. Schlagartig entwich die Wärme aus dem Raum, vermischte sich mit dem Atem des Winters. Silvia stützte sich auf die Fensterbank und sog die kalte, sauerstoffreiche Luft in ihre Lungen. Sie lehnte sich weiter hinaus, als ob diese Luft draußen noch gesünder für sie wäre. Sie war im Begriff, sich langsam besser zu fühlen. Da war es ihr, als spüre sie einen Lufthauch, einen Lufthauch wie Durchzug – so, als ob neben dem Fenster auch noch die Tür aufgegangen war. „Kann doch auch sein", dachte Silvia. „Sicher ist durch das offene Fenster die Tür zum Raum aufgesprungen."

Im nächsten Moment erfasste sie erneut eine Schwindel-Attacke, und es war ihr, als ob etwas ihre Schulter berührt.   Im nächsten Moment verlor sie das Gleichgewicht, griff vergeblich nach der Fensterbank, fand keinen Halt für eine Stütze und fiel aus dem Fenster – aus dem zehnten Stock.

Sie schrie nicht und wunderte sich selbst darüber. „Ich falle schneller als die Schneeflocken", dachte sie.   Sekunden später schlug sie auf, brach sich an der Bordsteinkante das Genick.

Sie bekam nicht mehr mit, wie Passanten in nächster Nähe in Panik aufschrien.   Und auch die Glassplitter, die auf sie fielen und die vom heftig zuschlagenden Fenster im zehnten Stock stammten, das in hundert Teile zerborsten war, berührten nur noch ihren bereits leblosen Körper.

----

25. Dezember 2015 - 12.20 Uhr -

Vor dem Bürogebäude fuhr Kriminalhauptkommissar (KHK) Hans Zweibuchter mit seinem Privatwagen vor. Eigentlich hatte er schon Feierabend. „Was zählt schon ein Wort wie Feierabend, wenn man bei der Kripo ist", dachte er sich. „Augen auf bei der Berufswahl, wenn Du wirklich eine regelmäßige private und freie Zeit haben willst."

Das Team von der Spuren-Sicherung war schon vor ihm da und hatte bereits mit ihren Aufgaben begonnen. Auf dem Gehsteig lag eine Person, die mit einer Decke vor den Augen Neugieriger geschützt war.

„Haben wir schon Informationen über diese Frau?" fragte Zweibuchter seine ebenfalls schon erschienene Kollegin Kriminalhauptkommissarin (KHK`in) Vera Eisenbach, nachdem er die Decke angehoben und erkannt hatte, dass eine weibliche Person darunter lag.

„Wir haben gerade die Nachricht bekommen, dass es sich um eine Frau handelt, die hier arbeitet, pardon, gearbeitet hat. Die Kollegen hatten die Firma angerufen, die dieses Haus hier verwaltet.

Auf einem mit gemailten Foto der Frau, leider mit etlichen Entstellungen durch den Sturz, hat ein Mitarbeiter dann bestätigt, dass es sich hier um die Sekretärin Silvia Herbst handelt. Sie war bei der Firma im zehnten Stock beschäftigt – einer Firma Hansson."

KOK Zweibuchter kniete noch bei der Leiche, sprang jetzt abrupt auf und sah seine Kollegin überrascht an. „Reden wir hier von der Firma Albert Hansson?" Die Kollegin nickte, erstaunt über die Reaktion ihres Kollegen.

„Ich hatte heute schon einen Einsatz, bei dem der Name Hansson eine Rolle spielt", klärte Zweibuchter seine Kollegin auf. „Es gibt bereits einen Todesfall. Der Tote ist Albert Hansson, der Inhaber dieser Firma." Jetzt war es die Kollegin, die einigermaßen verdutzt drein schaute. „Ein bisschen viel merkwürdiger Zufall – findest Du nicht auch?"

„In der Tat", sagte Zweibuchter nachdenklich. „Der andere Fall mit dem alten Herrn Hansson ist ohne Zweifel ein medizinisches Problem. Es war sein Herz, das nicht mehr mit gespielt hat. Der Notarzt und der Hausarzt haben dies bestätigt. Es gibt nicht den geringsten Hinweis darauf, dass jemand nachgeholfen hat.

Wir sollten jetzt aber lieber sicher gehen und in Zusammenhang mit diesem Fall hier vorsichtshalber eine Obduktion anordnen – was meinst Du?"

„Sehe ich auch so, ich kümmere mich darum. Wo ist der Tote Herr Hansson?"

Zweibuchter erklärte der Kollegin, dass Hansson bereits von einem Beerdigungsinstitut abgeholt wurde – da ja kein Zweifel an der Todesart bestand. Die Sache eilte daher. KHK`in Eisenbach nahm sofort Kontakt zu diesem Institut auf und veranlasste die Überführung in die Pathologie des Städtischen Klinikums. Gleichzeitig veranlassten die Beamten auch den Transport der hier beteiligten Silvia Herbst.

Auch hier soll eine Obduktion Klarheit schaffen – war es ein Unfall oder steckt etwa doch „mehr" dahinter?

----

25. Dezember 2015 - 16.00 Uhr -

Der Obduzent der Pathologie klang überhaupt nicht begeistert, als er den Anruf und den Auftrag für die beiden Leichen erhielt. Auch er hatte heute eigentlich schon mit jeglicher beruflicher Tätigkeit abgeschlossen und saß gerade „beim Kaffee" mit seiner Familie. Fritz Speer sagte nur „Mist" und dann „Sorry". Er verabschiedete sich von seinen beiden Kindern mit den Worten: „Papa beeilt sich. Ich will doch dabei sein, wenn wir heute Abend unser schönes Abendessen zu uns nehmen, das Eure Mutter vorbereitet hat."

Seine Frau stand schon in der Diele und hielt ihm seinen Mantel hin. Ihr Gesichtsausdruck drückte keinerlei Schuldzuweisung aus, im Gegenteil – sie lächelte. Annegret Speer war es gewohnt, dass auch in ihrem Haushalt die Freizeit immer wieder von dringenden Einsätzen unterbrochen werden konnte. Da teilte sie das Los mit den Ehefrauen aller Kriminalbeamten. Fritz Speer nahm seine Frau in den Arm und drückte ihr noch einen langen Kuss auf den Mund – so viel Zeit sollte immer sein. Er grinste breit und sagte: „Ich beeile mich wirklich! Schließlich ist heute kein normaler Tag."

Dann ging er zur Garage, die letzten Meter lief er sogar.

Bereits 15 Minuten später war er im Institut und ging sofort ins Untergeschoss – in die Pathologie. Dort vor der „Tür der Toten" warteten schon die Polizeibeamten und ein Staatsanwalt, der ebenfalls nicht begeistert war, zu dieser Stunde und an diesem Tag hier zu sein. KHK Zweibuchter und seine Kollegin kannten Speer, der Name des Staatsanwalts fiel ihnen nicht ein.

Gemeinsam traten sie ein. Der Assistent von Speer erwartete sie bereits und hatte die beiden Körper für die Obduktionen vorbereitet.

„Der Tod hat kein Verständnis für die Feiertage", sagte der Obduzent und zog das Tuch vom ersten Leichnam. Alle nickten, nahmen dies aber eigentlich nicht richtig wahr. Ihre Gedanken waren nicht in diesem Raum – kein Wunder, es war schließlich Weihnachten.

Alle Anwesenden waren froh, dass die beiden Obduktionen zügig über die Bühne gingen. Hanssons Herz zeigte dem Obduzenten, dass es nicht mehr ganz in Ordnung war. Eine Beteiligung Anderer beim Tode beider Menschen konnte ausgeschlossen werden.

Bei Hansson sowieso und auch hinsichtlich Silvia Herbst. Der Aufprall aus dem zehnten Stock hatte ganze Arbeit vollbracht. Bei den vielen Brüchen und Prellungen wäre kaum eine noch so kleine Druckstelle oder ähnliches fest zu stellen, die nicht vom Sturz stammen würde. Auf die Ergebnisse bezüglich der Feingewebe-Proben müssten dann aber Polizei und Staatsanwaltschaft noch ein paar Tage warten. Bei diesem besonderen Fall, der eine gewisse Verbindung der Personen zueinander hat, musste unbedingt ausgeschlossen werden können, dass toxikologisch etwas im Spiel war.

Polizei und Staatsanwaltschaft verabredeten ein Treffen am Tag nach Weihnachten. Dann verabschiedeten sich Staatsanwalt, Polizeibeamte und Speer. Der Obduktions-Gehilfe räumte „seinen Laden" noch auf und beeilte sich, ebenfalls nach Hause zu kommen – in der Hoffnung, jetzt wirklich „frei" zu haben.

„Wir werden uns die Wohnung der Frau Herbst heute nicht mehr anschauen", sagte KHK Zweibuchter – zu seiner Kollegin gewandt. „Die Sache eilt eigentlich nicht, weil ohne die restlichen Obduktions-Ergebnisse nicht mit weiteren Erkenntnissen zu rechnen ist."

KHK'in Eisenbach stimmte dem zu. „Du hast recht, Hans. Im Augenblick können wir nur spekulieren. Das bringt uns aber nicht weiter. Lass uns versuchen, noch etwas von Weihnachten zu haben. Wir haben auch später noch genug mit diesen beiden Sachen zu tun. Wer sind eigentlich die nächsten Angehörigen? Wen sollen wir benachrichtigen?"

„Vielleicht ergibt sich etwas in den beiden Wohnungen, was uns weiter hilft, und außerdem können wir noch die Handys der beiden Toten auswerten. Da mag sich die Antwort eventuell ergeben", sagte Zweibuchter. „Ich denke auch, dass wir keinem weiteren Weihnachten vermiesen sollten, wer immer das auch sein mag. Also, ein hoffentlich schönes Rest-Weihnachten wünsche ich Dir!"

----

25. Dezember 2015 - 19.50 Uhr -

In seinem Apartment überlegte Sven Hansson, ob sein Vater wohl die Kurve gekriegt hatte, um wenigstens an den Weihnachtstagen etwas auszuspannen, oder ob er – fast wie gewohnt – seinen Schreibtisch nicht allein lassen kann. Sven hatte seinen Vater einige Monate lang nicht mehr angerufen, aber das war bei den beiden fast normal und schon eine langjährige Praxis. Aber zumindest an den Weihnachts-Feiertagen bestand zwischen ihnen so etwas wie eine stille Vereinbarung, voneinander zu hören. In den meisten Fällen hatte sich Albert Hansson bei seinem Sohn gemeldet. Viel hatten sich die beiden aber nie zu sagen. Zu unterschiedlich waren ihre Meinungen in Bezug auf die Firma.

Sven hatte sich entschieden, ein Architektur-Studium anzufangen und hatte dieses auch durch gezogen. Er wusste genau, dass ihm sein freies Leben auch deshalb so gelang, weil sein alter Herr ihm vor langer Zeit großzügig eine ziemliche Summe im Vorgriff auf spätere Zeiten – oder war es wegen der Steuer? - überwiesen hatte. Aber immerhin konnte Sven ab und zu auch einige Aufträge ergattern, die ihm zu Einnahmen verhalfen.

So gesehen war sein Gewissen in seinem Sinne etwas entlastet – redete er sich zumindest ein.

„Wieso hat Vater sich noch nicht gemeldet?", fragte er sich. „Sonst ruft er doch immer am ersten Weihnachtstag an!"

Sven nahm sein Smartphone, prüfte es auf Anrufe, aber dieser Bereich zeigte ihm an - negativ.

„Dann bin ich ja wohl dieses Jahr mal dran", sagte er zu sich selbst und wählte Vaters Nummer.

Der Anwahl-Versuch war erfolglos. „Der gewünschte Teilnehmer ist zur Zeit nicht erreichbar", antwortete ihm eine Telefonstimme.

Sven versuchte es noch mehrere Male, aber er hatte keinen Erfolg. Es gab kein Durchkommen. „Nun ja", dachte er bei sich. „Weihnachten wird eben viel oder auch zu viel telefoniert. Vielleicht gibt es ja auch eine Störung bei seinem Telefon-Anbieter. Oder es ist auch nur einfach der Akku leer."

Weitere Anrufe verschob er auf den morgigen Tag. Und vielleicht würde sich Vater ja auch doch noch melden.

----

26. Dezember 2015

- zu verschiedenen Zeiten –

Fern der Heimat in Südafrika hatte sich Diana inzwischen zurecht gefunden. Die Auftraggeber der Reportage hatten ihr ein hübsches Apartment zur Verfügung gestellt. Sogar der Kühlschrank war gefüllt; für die nächsten Tage brauchte sie nicht für Nachschub sorgen. Angegliedert am Apartment war ein kleiner Swimming-Pool, den Diana sofort nach ihrer Ankunft ausprobiert hatte. Die Reise war doch ziemlich lang gewesen, schließlich war sie gestern noch in Portugal. Das Wasser im Pool war herrlich erfrischend und belebte sie wieder. Sie konnte wieder klar denken, nahm ihr Handy und wählte die Nummer ihrer Mutter. In Deutschland klingelte es ziemlich lange durch, dann sprang der Anrufbeantworter an. Diana hörte die Stimme ihrer Mutter: „Hallo, ich bin gerade beschäftigt. Ruft doch bitte noch einmal an. Oder hinterlasst eine Nummer für meinen Rückruf, danke!"

„Aha, Mutter ist beschäftigt", sagte Diana. „Das ist gut, besser als Langeweile." Sie würde es später noch einmal versuchen.

Diana nahm sich einen kühlen Drink aus dem Kühlschrank und setzte sich an den Pool. Die Müdigkeit der langen Reise hatte sie wieder eingeholt. Diana schlief ein. Als sie erwachte, sah sie auf ihr Handy-Display. Ein Anruf war nicht verzeichnet. Ihre Mutter hatte sich also noch nicht gemeldet. „Komisch", dachte Diana. „Silvia müsste doch meine Nummer erkannt haben. Warum ruft sie nicht an?"

Silvia versuchte noch mehrmals einen Anruf. Ihre Mutter antwortete nicht – wie sollte sie auch.

„Ausgerechnet jetzt bin ich in Afrika, so weit weg von zu Hause", dachte Silvia.

----

27. Dezember 2015 - 8.30 Uhr -

Im Revier trafen KHK'in Eisenbach und KHK Zweibuchter zeitgleich ein.

„Hast Du den Rest der Weihnachtstage noch gut verbracht?" fragte Zweibuchter seine Kollegin.

„Zumindest gab es keine weiteren Leichen. Aber sonst – etwas Zeit zum Ausspannen war schon gut."

Zweibuchter lächelte sanft, in diesem Beruf noch ein wenig Humor zu spüren, das war schon selten. „Vera, ich denke, dass wir uns den heutigen Tag aufteilen sollten. Ich würde mir ganz gerne die Wohnung der Frau Herbst anschauen, um eventuelle Hinweise zu finden, an wen wir uns auch wegen der weiteren Begräbnis-Formalitäten wenden sollen. Irgendjemand von der Familie wird doch da sein, wenn sie kein absoluter Einzelgänger war."

„Finde ich in Ordnung, Hans. Frau Herbst hatte bei ihren Sachen kein Handy dabei, was eigentlich in der heutigen Zeit ziemlich ungewöhnlich ist. Auch oben im Büro war keines zu finden. Sicher hat sie es zu Hause gelassen. Du wirst dort im Speicher sicher die eine oder andere Nummer finden, die uns weiter helfen kann.

Dann werde ich versuchen, etwas über Hinterbliebene von Hansson zu erfahren. Da war doch die Haushälterin vor Ort, die so entsetzlich geweint hat. Sie kann uns auch vielleicht weiter helfen, Verwandte oder Freunde von Hansson zu finden."

Zweibuchter nickte nachdenklich und sagte: „Dann packen wir`s also an!". Beide verließen zusammen ihr Büro, ebenso, wie sie zeitgleich gekommen waren und fuhren in verschiedene Richtungen davon.

----

27. Dezember 2015 - 11.00 Uhr -

Sven Hansson hatte immer noch keine Nachricht von seinem Vater erhalten. Auch seine Versuche, ihn zu erreichen, waren immer gescheitert. Nicht einmal ein Anrufbeantworter hatte sich gemeldet. „Wenn ich nur auf den Namen von Vaters Haushälterin kommen würde", murmelte Sven und raufte sich die Haare. Er gestand sich ein, dass er viel zu wenig Kontakt zu seinem Vater gehabt hatte. Das müsste sich ändern.

Sven hatte es weiter versucht, aber nach wie vor waren alle Anrufversuche vergeblich. Auch in der Firma, was gut möglich hätte sein können, hatte er seinen Vater nicht erreicht. Langsam machte er sich Sorgen – richtige Sorgen.

Er wählte die Nummer der Polizei seiner Heimatstadt. Eigentlich wollte sich Sven erkundigen, ob er dort eine Vermissten-Anzeige aufgeben konnte, der diensthabende Beamte hatte ihn aber sofort mit einem Kollegen verbunden – mit Hans Zweibuchter. Der war erst soeben aus der Wohnung Herbst zurück.

Kaum saß er an seinem Schreibtisch, meldete sich sein Telefon.

Als er den Namen am anderen Ende der Leitung hörte, tat es ihm fast leid, den Hörer abgenommen zu haben. Die Aufgabe, die jetzt vor ihm lag, war alles andere als angenehm. Schon oft hatte Zweibuchter Menschen mitteilen müssen, dass etwas Schreckliches geschehen war. Und auch wenn diese Menschen für ihn fremd waren, so waren es trotzdem immer Situationen, die ihm durch Mark und Bein gingen.

Zweibuchter atmete tief ein, bevor er weiter sprach. „Guten Tag Herr Hansson." Kaum ausgesprochen, verfluchte er sich dafür. Was soll denn an diesem Tag bei diesem Gespräch „gut" sein? Er holte noch einmal tief Luft und fasste den Entschluss, seine Worte sorgfältiger zu wählen. Aber gab es in dieser Situation überhaupt brauchbare Worte?

„Herr Hansson", fing er noch einmal an. „Sind Sie der Sohn von Albert Hansson?"

„Das bin ich. Ich wollte mich erkundigen, ob ich meinen Vater als vermisst melden kann. Ich kann ihn einfach nicht erreichen. Wie war noch Ihr Name? Und wieso kennen Sie meinen Vater?"

„Ich bin KHK Hans Zweibuchter und muss Ihnen leider eine traurige Nachricht übermitteln. Ihr Vater ist mir bekannt - leider aus traurigem Anlass. Wir haben ihn bereits am 24. Dezember in seinem Haus tot in seinem Swimming-Pool vorgefunden, bzw. hat die Haushälterin ihn so aufgefunden. Wir sind immer noch dabei, heraus zu finden, wen wir benachrichtigen können und müssen. Gut, dass Sie uns anrufen, auch wenn dies ein furchtbares Gespräch ist - herzliches Beileid!"

Sven Hansson war entsetzt. Sein mulmiges Gefühl hatte ihn also nicht betrogen. Sein Vater war tot. Sein Vorsatz, künftig mehr Kontakt zu ihm zu halten, war vernichtet.

Zweibuchter hielt sich zurück, ließ seinem Gesprächspartner Zeit. Er wusste in diesem Augenblick genau, wie es dem ging und war froh, dass Sven Hansson das Gespräch wieder aufnahm.

„Dann werde ich so schnell wie möglich kommen. Sie können mich morgen früh im Bungalow meines Vaters antreffen. Ich habe noch einen Schlüssel. Ist das in Ordnung?"

„Das ist super, Herr Hansson", sagte Zweibuchter. „Wir sehen uns also morgen früh, sagen wir – so gegen 10.00 Uhr?"

Zweibuchter hörte noch ein „… ist gut", dann war die Leitung unterbrochen.

„Armer Junge", dachte Zweibuchter und weiter: „… von wegen meine Worte sorgfältiger wählen – die Worte „das ist super", das war ja mal wieder einfach überhaupt „nicht" super."

Zweibuchter wählte die Nummer seiner Kollegin, die sich auch sofort meldete.

„Hallo Hans, ich habe die Haushälterin ausfindig gemacht. Sie gab an, dass es einen Sohn gibt, einen Sven Hansson, der allerdings ziemlich weit entfernt wohnt. Ich werde noch einmal zum Bungalow fahren, um dort eine Anschrift oder eine Telefonnummer … ."

Schneller als er es eigentlich wollte, sprach Zweibuchter dazwischen: „ Entschuldige, Vera, aber das brauchst Du nicht mehr. Ich habe soeben mit Sven Hansson telefoniert, der seinen Vater als vermisst melden wollte. Wir werden ihn dann morgen früh beide im Bungalow besuchen. Er wird dann dort sein – alles klar!"

„Ok, dann mache ich für heute Schluss und lege mich etwas hin. Ich weiß auch nicht, aber dieser Fall macht mir irgendwie mehr zu schaffen als sonst einer. Werde ich alt?"

„Nein, Du Küken", antwortete ihr Kollege so unverzüglich, dass kein Blatt Papier dazwischen passte. „Es ist nur ein Zeichen, dass wir als Menschen noch nicht so abgebrüht sind, dass uns solche Situationen nichts mehr ausmachen. Du bist einfach nur ein Mensch, Du bist völlig in Ordnung. Bis morgen früh also, um 10.00 Uhr im Bungalow Hansson."

Er legte auf und war sich bewusst, dass auch ihm dieser Fall an die Nieren ging. Irgendetwas stimmte hier nicht. Grübelnd verließ er sein Büro und würde es Vera gleich tun. Auch er konnte ein wenig Ruhe vertragen.

Weit kam er nicht. Ihm fiel ein, dass er in der Wohnung Herbst ein Notizbuch gefunden hatte. Er nahm es aus seiner Manteltasche, blätterte darin herum und fand zwei Telefonnummern, die auf die Namen „Herbst" lauteten.

Zweibuchter wählte die zuerst gefundene Nummer. Am Apparat meldete sich ein Mark Herbst. Es war der Sohn von Silvia Herbst, wie sich heraus stellte. Zweibuchter hatte die schwere Aufgabe, schon wieder ein Gespräch zu führen, das er lieber nicht durchgeführt hätte. Aber es ging ja nicht anders.

Am anderen Ende der Leitung gab es einen mehr als erschütterten Mark Herbst, der lange Zeit kein Wort heraus bringen konnte, nachdem ihm der Kommissar das schreckliche Geschehen übermittelt hatte. Als Mark wieder Worte fand, erklärte er sich bereit, dies alles, was er soeben gehört hatte, auch seiner Schwester mitzuteilen. Zweibuchter hatte gehört, dass die Schwester Diana heißt, in Südafrika arbeitet und dachte: „Meine Güte, diese Sache zieht weite Kreise. Das einzig Gute im Augenblick ist, mir bleibt ein weiteres schlimmes Gespräch erspart, weil das ihr Bruder übernimmt, armer Kerl." Aber was konnte daran schon gut sein!

----

27. Dezember 2015 – Südafrika -

Noch immer hatte Diana nichts von ihrer Mutter gehört. Weder hatte diese angerufen, noch konnte Diana sie erreichen – weder zu Hause, auch nicht im Büro. „Das ist nicht normal", dachte Diana. „Hoffentlich ist ihr nichts passiert!"

Auch hatte sie seit Stunden versucht, ihren Bruder Mark zu erreichen, dessen Telefonnummer sie doch noch in einem Verzeichnis aufgetrieben hatte. Endlich hatte sie Glück und er jetzt meldete sich jetzt tatsächlich. Wo er sich aufhielt, konnte Diana nicht wissen - eine Handy-Nummer verrät ja nicht den augenblicklichen Standort.

Ihr fiel jedoch seine Stimme auf, die sie, wie sie sich selbst gestehen musste, in diesem Jahr nicht allzu oft gehört hatte. Eigentlich konnte sie sich nur an zwei Kontakte erinnern – zwei Gespräche in einem ganzen Jahr. „Auch das ist viel zu wenig", dachte sie, dann fiel sie aber sofort in ihre Gedanken um die seltsam klingende Stimme ihres Bruders zurück. „Wo bist Du, Mark?", fragte sie und fügte schnell hinzu: „Hast Du etwas von Mutter gehört? Ich kann sie schon seit Tagen nicht erreichen."

Diana hörte keine Antwort und dachte schon, das Gespräch sei irgendwie unterbrochen worden. Beinahe hätte sie aufgelegt, um neu zu wählen, als sich Mark erneut meldete.

„Sorry, Schwesterherz", begann Mark, was Diana etwas merkwürdig fand. Ihr Kontakt zu Mark hatte schon vor vielen Jahren einen Bruch erlitten, als Vater gestorben war. Und jetzt sagte er zu ihr „Schwesterherz". Da war etwas nicht in Ordnung.

„Nochmal sorry", sagte Mark. „Ich bin leider in keiner guten Verfassung. Aber es ist gut, dass Du anrufst. Wir beide müssen unbedingt reden."

„Du meine Güte, Mark. Was ist los? Wo bist Du? Steckst Du in Schwierigkeiten?"

„Ich nicht direkt", antwortete Mark. „Aber es ist etwas Schlimmes passiert. Das muss ich Dir jetzt leider sagen."

Was folgte, war Marks Bericht, was sich hier in Deutschland so traurig ereignet hatte. Das Gespräch wurde mehrfach von Stille unterbrochen, da beide hin und wieder einen wie zugeschnürten Hals hatten und nicht weiter sprechen konnten. Mark spürte es regelrecht, wie seiner Schwester die Tränen kamen und wäre jetzt gerne bei ihr gewesen.

Diana hatte sich zwar ein wenig gefangen, aber ihre Stimme bebte immer noch ein wenig, als sie ihrem Bruder ihren Entschluss mitteilte. „Ich komme so schnell ich kann nach Hause. Meine Reportage werde ich wohl unterbrechen können. Ich denke, dass meine Auftraggeber für diese Situation Verständnis aufbringen. Wo befindet sich unsere Mutter zurzeit?"

Mark wollte seiner Schwester die Mitteilung ersparen, dass eine Obduktion angeordnet worden war. Die Nachricht vom Tode war schlimm genug, auch für sie. Er würde ihr alles andere erklären, wenn sie sich sehen, und so sagte er: „Ich habe alles in die Wege geleitet, was im Augenblick nötig ist. Wegen der Beisetzung werden wir beide alle weiteren Dinge gemeinsam entscheiden. Komm bitte erst einmal nach Hause. Ruf mich dann an und wir treffen uns in Mutters Wohnung."

Das Gespräch war zu Ende. Diana saß wie vom Blitz getroffen am Rande des Swimming-Pools. Ihre nicht enden wollenden Tränen erreichten das Wasser und ihr kam der Gedanke: „Ob der Wasserspiegel jetzt vielleicht steigt? Auf was für komische Gedanken man manchmal kommt", dachte sie noch weiter. Im nächsten Augenblick überkam sie eine große Leere.

Sie streckte sich erst einmal lang aus – die Tränen waren noch immer nicht versiegt.

Morgen in aller Frühe würde sie ihre Auftraggeber informieren und hoffen, dass diese einverstanden sind, das zu tun, was sie nun tun musste. Heute war sie dazu nicht mehr in der Lage.

----

28. Dezember 2015 - 10.00 Uhr -

Am Bungalow Hansson trafen KHK`in Eisenbach und KHK Zweibuchter auf Sven Hansson, der sie bereits im Eingangsbereich erwartete.

„Guten Morgen", sagte Hansson. „im Bungalow war ich noch nicht. Da ist so ein Klebeband der Polizei, wie man es immer im Fernsehen sieht. Das wollte ich nicht zerstören – ist doch ein Siegel – oder?"

„Ganz recht, Herr Hansson", erwiderte KHK Zweibuchter, „ich werde das jetzt entfernen und wir unterhalten uns in Ruhe drinnen."

Die Drei gingen hinein, setzten sich in die gemütlichen Sessel im geräumigen Wohnzimmer. Obwohl – von Gemütlichkeit konnte keine Rede sein. Sven Hansson war noch sichtlich betrübt, und es entstand zuerst eine längere Stille.

Die beiden Beamten ließen dem jungen Mann die Zeit, die er brauchte, um seine Stimme zu finden. „Ehrlich gesagt", begann dieser, „ich war schon eine Zeit lang vor Ihnen hier, konnte mich aber nicht entschließen, hinein zu gehen. Da kam mir ihr Klebestreifen eigentlich ganz recht.

Ich kann immer noch nicht glauben, dass mein Vater nicht mehr hier ist, nie mehr hier sein wird.

KHK`in Eisenbach lenkte das Gespräch in eine andere Richtung.

„Wir haben soeben noch die Mitteilung erhalten, dass die Obduktion nichts Negatives ergeben hat. Ihr Vater hat wirklich einen Herzstillstand erlitten. Alles Andere konnte ausgeschlossen werden. Ich weiß, dass dies Sie nicht besonders trösten kann, aber Ihr Vater hat wohl nicht gelitten."

„Danke", sagte Sven Hansson, „ich danke für Ihr Verständnis. Ich muss auch daran denken, wie furchtbar es für die arme Maria gewesen sein muss, Vater tot im Pool zu sehen – mein Gott – wie schrecklich!"

„Was werden Sie jetzt tun, bleiben Sie hier in der Stadt, bis alle Formalitäten und die Beerdigung abgeschlossen ist", fragte Zweibuchter.

„Ja, ich werde auch danach noch einige Zeit hier im Bungalow verbringen. Zurzeit habe ich keine weiteren beruflichen und sonstigen Verpflichtungen. Ich habe also die Zeit dafür, mir alles einmal durch den Kopf gehen zu lassen.

Außerdem muss ich mir auch darüber klar werden, was mit dem Bungalow hier geschieht, verkaufe ich ihn oder ziehe ich hierher. Zurzeit kann und will ich auch nicht darüber nachdenken."

„Gut, lassen Sie sich alle Zeit der Welt", sagte KHK`in Eisenbach. „Wenn Sie noch Fragen haben - Sie wissen ja, wo Sie uns erreichen können. Wir wünschen Ihnen Stärke für das, was in den kommenden Tagen auf Sie zu kommt. Da nichts weiter von uns aus anliegt, können Sie das Beerdigungsinstitut jetzt beauftragen, Ihren Vater wieder aus der Pathologie abzuholen. Alles Gute."

Sven Hansson blieb allein zurück.

Z w e i wichtige Dinge wusste er in diesem Augenblick noch nicht.

Er wusste noch nichts vom Tode der Sekretärin seines Vaters, und er wusste noch nicht, was in der Firma passiert war – hatte keinerlei Ahnung von den Gründen, die seinen Vater so in Aufregung versetzt, vielleicht in den Tod getrieben, zumindest oder möglicher weise an seinem Tode mitgewirkt hatten.

----

30. Dezember 2015 - 11.00 Uhr -

Eine überschaubare Trauergemeinde hatte sich auf dem Friedhof versammelt. Hier hatten die Hanssons ein Familiengrab. Es war alles ganz schnell gegangen. Sven Hansson hatte - für ihn selbst überraschend - alles arrangiert. Sehr schnell hatte er den Kopf klar bekommen. Der zuständige Pfarrer war ein alter Freund seines Vaters. Er war sehr hilfsbereit und bereitete den Weg, die Beerdigung so schnell wie möglich einzurichten. Auch das Zusammenspiel von Behörden und Bestattungsunternehmen war positiv gelaufen. Sven hatte nur noch wenig zu erledigen, worüber er sehr froh war.

Viele Menschen hatte er nicht zu informieren. Von der Familie war außer ihm keiner mehr da. Informiert hatte er Maria, die Haushälterin, sowie Meinolf Rauche vom Vorstand der Firma. Der wiederum hatte versprochen, alle anderen Vorstandsmitglieder und wichtigen Menschen in der Firma zu verständigen. Und den alten Portier, an den sich Sven noch erinnern konnte, den hatte er persönlich angerufen und die tiefe Ergriffenheit und Traurigkeit des alten Mannes gespürt.

Der Portier hatte einige Mitarbeiter der Firma informiert, langjährige Mitarbeiter, die es sich nicht nehmen lassen wollten, ihrem Chef die letzte Ehre zu erweisen. Albert Hansson war schließlich ein guter Chef gewesen, und ihre Bestürztheit war echt.

Die Trauernden hatten die Kirche hinter sich gebracht. Sven stand am Grab seines Vaters, in das sich langsam der rustikale Sarg senkte. Sven hielt nicht viel von Grabreden und war froh, dass der Pastor auch im Gottesdienst darauf Rücksicht genommen hatte. Es waren nur angemessene und wenige Sätze gefallen. Große Reden waren auf Bitte von Sven ausgeblieben. Wem ist in so einer Situation überhaupt danach zumute?

So war Sven auch froh darüber, dass sich die Herren vom Vorstand nach tröstenden Worten und trauernden Blicken ziemlich schnell rarmachten. Gewundert hatte er sich nur darüber, dass die Sekretärin seines Vaters nicht da war. „Vielleicht ist sie krank", war sein Gedanke. Im Laufe der Zeremonie entfiel ihm aber dieser Gedanke wieder.

Hätte Sven in diesem Augenblick schon mehr gewusst, hätte er wahrscheinlich anders reagiert.

Sven Hansson machte das wahr, was er sich vorgenommen hatte. Er wollte lediglich einen kleinen Kreis um sich haben – an diesem Tag. Den Portier und vier weitere erschienene Mitarbeiter hatte er gebeten, mit ihm im Bungalow seines Vaters noch kurz Andacht zu halten – bei einer Tasse Kaffee. Und Maria, die natürlich auch dabei sein sollte, die hatte es sich nicht nehmen lassen, zwei prächtige Kuchen zu backen, sobald sie vom Vorhaben von Sven erfahren hatte. Es waren spanische Spezialitäten.

Sven fühlte sich unendlich allein in diesem großen Haus. Er fand es angenehm, im möglichst kleinen Kreis diesen Tag abzuschließen – nicht ganz allein, denn allein sein konnte er noch genug.

----

30. Dezember 2015 - 14.15 Uhr -

Am Flughafen wartete Mark Herbst auf seine Schwester. Diana hatte ihn noch gestern informiert, dass sie bereits heute ankommen würde. Sie hatte viel Verständnis bei den Auftraggebern ihrer Reportage in Südafrika gefunden. Diese hatten ihr „freie Hand" gelassen, um alles erst einmal in Deutschland zu regeln. Sie sollte sich melden, wenn sie für die Fortsetzung ihrer Arbeit wieder bereit ist – wenn überhaupt

Diana wusste nicht genau, was sie zu Hause erwartet, hatte irgendwie keinen Schimmer, was alles zu tun ist. Aber sie war nicht allein. Ihr Bruder und sie würden gemeinsam beraten und alles Entsprechende veranlassen. Dann würde sie weiter sehen. Und eigentlich war sie doch jetzt schon entschlossen, den Auftrag in Südafrika abzuschließen. Ihr Konto war ziemlich am Ende, und sie brauchte eigentlich unbedingt die Entlohnung für ihren augenblicklichen Auftrag.

Nach der Nachricht vom Tode ihrer Mutter hatte Diana kaum geschlafen. Dann kam der lange Flug. Sie war so übermüdet, dass sie ein paar Stunden davon verschlafen hatte.

Sie öffnete die Augen, als sie vom Lautsprecher aufgeschreckt wurde. Die Crew kündigte bereits die Landung an und bat darum, sich anzuschnallen.

Diana hatte nur ihr Handgepäck dabei, den Koffer in Afrika gelassen. Zu Hause hatte sie ja genug Sachen zum wechseln. So kam sie schnell durch die Formalitäten der Flughafen-Kontrolle und verließ den Ankunftsbereich.

Sie sah Mark schon von weitem. Der winkte ihr zu und nahm nur Sekunden später seine Schwester in die Arme – eine lange Zeit lang in seine Arme. Beide hatten Mühe, ihre Tränen zurück zu halten. Dabei fällt es gerade am Flughafen doch nicht auf, wenn sich Ankommende und in Empfang nehmende in Tränen auflösen – sind es doch meist offensichtlich Freudentränen.

Mark nahm seiner Schwester das Handgepäck ab und zeigte ihr den Weg, wo er seinen Wagen geparkt hatte. Auf direktem Wege fuhren sie zur Wohnung ihrer Mutter.

----

30. Dezember 2015 - 20.15 Uhr -

Sven Hansson hatte seine mit ihm trauernden Gäste verabschiedet. Er war jetzt allein. Nicht nur zur Ablenkung, sondern auch, um auf dem neuesten Tagesgeschehen zu sein, hatte er sich die Nachrichten angesehen. Er goss sich einen alten Single Malt ein, den sein Vater von einem Golfturnier in Schottland mitgebracht hatte und lehnte sich zurück. Sven war immer noch nicht in der Lage, das Schwimmbad aufzusuchen, obwohl er schon den Gedanken hatte, sehr gerne ein paar erfrischende Runden zu schwimmen. Eine lange Dusche hatte es dann auch getan. Er goss sich ein weiteres Glas ein.

Sven war noch zu aufgewühlt, um schon schlafen zu gehen – kein Wunder bei dem Tag, bei diesem schrecklichen Ereignis. Er ging ins Büro seines Vaters und sah sich um. Schon lange war er nicht mehr hier gewesen – viel zu lange. Nur wenige Sachen, die sein Vater von früheren Reisen mitgebracht hatte, waren ihm bekannt. Die meisten Dinge waren ihm fremd. Er sah einen Aktenordner, der auf Vaters Schreibtisch lag. Sven nahm ihn mit ins Wohnzimmer und goss sich den dritten Malt ein.

„Was muss Vater seine Golfreisen nach Schottland genossen haben", sagten ihm seine Gedanken. „Viel frische Luft, ein toller Event auf einem der schönen Plätze, Freunde, dazu ein wunderbarer Single Malt – hört sich wie ein recht schöner Traum an."

Sven erwischte sich bei dem weiteren Gedanken, ob er nicht einmal eine Reise nachvollziehen sollte. Das könnte ihn seinem Vater auch nach dessen Tode eventuell näher bringen. „Warum macht man dies so oft erst, wenn es zu spät ist?" sagte er sich. „Vielleicht wäre unser Zerwürfnis in Schottland zerfallen, hätte sich dort in der klaren Luft aufgelöst, bei einem Single Malt natürlich – zu spät!"

Sven nahm seine Gedanken mit Traurigkeit zur Kenntnis. Er nahm sich jetzt den Aktenordner vor, schlug ihn auf und fing an zu blättern.

Es ging da wohl um die letzte Aufsichtsrats-Sitzung, die erst kurz vor Vaters Tod stattgefunden hatte.

----

30. Dezember 2015 - 20.30 Uhr -

In der Wohnung Herbst hatten sich Diana und Mark einiges zu erzählen. Es waren so viele Dinge geschehen, hatten sie sich doch schon mehr als lange nicht mehr gesehen und auch wenig gesprochen. Mark hatte Diana unterrichtet, was wohl genau passiert war, jedenfalls – soweit er das selbst wusste. Diana hatte bei dem letzten Gespräch mit ihm, in dem er ihr von Mutters Tod berichtet hatte, keine genauen Erinnerungen mehr. Zu sehr hatte sie dies überrascht, sie getroffen – einiges hatte sie unterdrückt.

Mark berichtete noch einmal, was geschehen war und versuchte, seine Schwester durch seine sorgfältig gewählten Worte zu schonen. Er ließ die angeordnete Obduktion aus und sagte ihr nur, dass die Polizei von einem tragischen Unfall ausgeht und sich keine Anhaltspunkte für eine andere Ansicht ergeben haben. Die Vorstellung einer Obduktion, die konnte er Dianas Kopf jetzt nicht zumuten. Er beschloss, nie darüber zu sprechen. Dann hatte Diana die Müdigkeit der Geschehnisse und des langen Fluges – auch des Klimawechsels – wieder eingeholt. Sie hatte sich hingelegt und war sofort eingeschlafen.

Mark hatte sich dem angeschlossen, ein bisschen auszuruhen – dann hatte die Müdigkeit auch bei ihm gesiegt.

Als er wieder erwachte, vom Schlaf etwas verdutzt, musste er sich erst einmal zurecht finden, wo er sich befand. Auch war es schon dunkel, kein Wunder um diese Uhrzeit 20.30 Uhr im Dezember. Dann war er wieder voll da und schaute ins andere Zimmer, in dem Diana noch immer schlief. Vorsichtig weckte er seine Schwester, die ebenso erst ihre Umgebung sortieren musste.

„Bist Du in der Lage, mich nach unten ins Restaurant zu begleiten?" fragte er sie vorsichtig.

„Ich habe zwar nicht den Riesenhunger, Du wahrscheinlich auch nicht, aber ein wenig sollten wir doch zu uns nehmen, meinst Du nicht?"

Diana stimmte dem zu: „Es war ein anstrengender Tag. Du hast recht - lass uns runter gehen. Eine Kleinigkeit wird wohl hinein gehen. Wir haben wohl beide noch nicht viel gegessen. Morgen folgt auch noch ein Tag, an dem wir unsere ganze Kraft brauchen werden – also los!"

----

30. Dezember 2015 - 23.00 Uhr -

Im Bungalow seines Vaters schüttelte Sven Hansson den Kopf. Er hatte sich den Aktenordner jetzt komplett durch gelesen - zweimal durch gelesen. Sein Kopf schien ihm nicht ganz zu gehorchen, denn er wusste nicht so genau, wie er den ganzen Sachverhalt einordnen sollte. Schließlich war alles neu, alles was er las. Bisher wusste er überhaupt nicht, dass es Vaters Firma nicht mehr wie bisher geben sollte. Aber auch die Unterschrift seines Vaters war unter den Dokumenten – die Firma hatte aufgehört zu existieren. Und was nun geschah, das lag jetzt in fremden Händen.

Sven hatte diesen Teil der Abmachungen und Verträge eine Stunde später verdaut und konnte diese jetzt einordnen. Was ihn aber in größte Aufregung versetzte, das waren die handschriftlichen Notizen seines Vaters. Aus denen ging hervor, dass Albert Hansson seine Firma nicht freiwillig aufgegeben hatte. Die Umstände schienen einer Erpressung gleich zu kommen. Ausschlag gebend waren die fünf Mitglieder des Aufsichtsrates gewesen, die mit ihren Forderungen die Firma auf jeden Fall zu Fall gebracht hätten.

Nun, Sven konnte damit leben, dass es die Firma, für die er sich nie interessiert hatte, nicht mehr geben würde – schon nicht mehr gab, da die Verträge bereits geschlossen und abgesegnet waren. Und alles war v o r dem Tode seines Vaters passiert. Sven würde überhaupt nichts mehr mit der Firma zu tun haben, weder mit einer Abwicklung noch sonst irgendwie; auch ein Erbfall hinsichtlich der Firma lag nicht mehr vor. Die Hanssons hatten definitiv keine Firma mehr.

Sven konnte keinen Schlaf finden. Wieder und wieder gingen ihm die Umstände hinsichtlich der Firma und des Todes seines Vaters durch den Kopf. Was, wenn die Machenschaften der Aufsichtsrat-Mitglieder Vater so mitgenommen hatten, dass sein schwaches Herz dies so nicht verkraftet hatte. Waren es also Machenschaften, die zum Tode seines alten Herrn geführt hatten – zu seinem Tode mitgeführt hatten?

All das, was da gelaufen war, hatte sein Vater nicht verdient. Sven wurde immer wütender, je länger er darüber nach dachte. Das Letzte, was er dachte, bevor er gegen 4.00 Uhr morgens endlich einschlief, war „man müsste diese Herren doch zur Rechenschaft ziehen können".

----

31. Dezember 2015 - 9.00 Uhr -

In der Wohnung Herbst hatte Mark Kaffee gekocht. Seine Schwester schlief immer noch. „Ist wohl auch der Jetlag und nicht nur der schlimme Umstand unseres Treffens hier", dachte er sich. Dann hörte er doch ein Geräusch, das aus dem Badezimmer kam. Diana hatte den Kaffee gerochen, dessen Duft ihr in die Nase gestiegen war. Außerdem vernahm sie jetzt auch noch den Duft von frischen Brötchen. Die hatte Mark vom Bäcker auf der anderen Straßenseite besorgt. Diana steckte ihren Kopf durch die Küchentür, ging zu ihrem Bruder und umarmte ihn. „Danke, dass Du da bist", sagte sie „Und danke für die Düfte, die mich wohl von den Toten auferweckt haben."

Nach dem Frühstück setzten sich die beiden ins Wohnzimmer und wussten, ein ernstes Thema stand ihnen bevor – das Begräbnis ihrer Mutter. „Diana, Du warst immer etwas näher an Mutter dran", begann Mark. „Hat sie mit Dir darüber gesprochen, wie alles passieren soll, w e n n es passiert?" „Unsere Mutter wollte immer ein ganz kleines Begräbnis", antwortete Diana. „Du weißt schon - ein Begräbnis, unauffällig wie bei Vater."

Mark sah Diana fragend an: „Gibt es eigentlich noch das Institut, dass damals bei unserem Vater alles gerichtet hat?"

„Ja, das gibt es noch", sagte Diana. „Und ich sollte noch sagen, dass Mutter eingeäschert werden will. Sie will auf keinen Fall eine große Sache. Und auch von der Firma möchte sie keinen großen Bahnhof haben. Sicher wird ihr Chef kommen und auch einige der engsten Mitarbeiter. Das soll dann aber auch schon alles sein. Den Portier sollten wir noch informieren, das hätte Mutter so gewollt - sie mochte den freundlichen alten Herrn sehr gern."

„Dann lass uns gleich einen Termin im Institut machen und alles Erforderliche regeln", sagte Mark. „Um die Wohnung und alles weitere kümmern wir uns dann später, das eilt alles nicht. Haben wir alle Papiere parat?"

„Bis auf den Personalausweis", erwiderte Diana, „der noch bei der Polizeistation liegt, die den Unfall aufgenommen hat. Den können wir ja dann auf dem Wege zum Beerdigungs-Institut abholen."

Bruder und Schwester tranken den Rest aus ihren Kaffeebechern aus und machten sich auf den Weg.

----

5. Januar 2016 - 10.00 Uhr -

Sven Hansson erhielt einen wütenden Anruf. Es war der Betriebsleiter eines der beiden Hansson-Werke, die außerhalb der Stadt angesiedelt waren. Und es blieb nicht bei diesem einen Anruf. Auch der Leiter des zweiten Werkes meldete sich durch ein Klopfzeichen in Svens Smartphone. Sven verband beide Anrufe, so dass es nun zu einer Konferenz-Schaltung kam, da es sich offensichtlich ja wohl um dasselbe Thema handelte.

„Das ist eine Riesensauerei", was hier passiert, rief einer der Anrufer zornig. „Das können Sie mit uns nicht machen!"

Sven Hansson hatte Mühe, den Redeschwall zu unterbrechen. Schließlich gelang es ihm, und er stellte sich erst einmal vor.

„Ich bin Sven Hansson, der Sohn von Albert Hansson, und ich habe mit der Firma absolut nichts zu tun. Für Ihre Wut bin ich die falsche Adresse, aber ich kann Sie durchaus verstehen, sollte etwas passiert sein. Wie Sie ja durch Ihren Anruf wissen, befinde ich mich im Augenblick im Bungalow meines Vaters. Sie können sich wohl vorstellen, wie es in m i r aussieht – nach dem plötzlichen Tode meines Vaters!"

Einer der Anrufenden unterbrach jetzt Sven: „Tut mir leid, das mit Ihrem Vater – sehr leid sogar. Ihren alten Herrn mochte jeder in der Firma. Aber Sie müssen auch uns verstehen, dass wir alle wütend sind, total überrascht und ratlos."

„Was ist passiert?", fragte Sven, ahnend, dass der Anruf mit den Unterlagen zu tun hat, die Sven bisher einsehen konnte und die auch ihn entrüstet hatten.

„Das kann ich Ihnen sagen", mischte sich der zweite Anrufer jetzt ein. „Es ist eine totale Unverschämtheit. Jeder der Mitarbeiter und Mitarbeiterinnen in den beiden Werken hat heute einen Brief vom Aufsichtsrat im Kasten, der bei allen Entsetzen hervor gerufen hat   Darin steht, dass es die Firma nicht mehr gibt, dass die Arbeit sofort eingestellt wird.   Verstehen Sie – niemand braucht morgen zur Arbeit zu kommen!   Das ist ein heftiger Schlag – von null auf hundert!   Was soll das?"

Svens Vermutung hatte sich bestätigt. Er konnte die Empörten mehr als gut verstehen.

Was ihnen widerfahren war, das würde wohl jeden aus der Bahn werfen – völlig aus der Fassung bringen.

„Ich kann Ihnen versichern", dass ich von diesen Briefen keine Kenntnis habe. Wie Sie sich wohl vorstellen können, habe ich mit dem Tode, der Beerdigung und der Sichtung der Unterlagen im Bungalow eine Menge zu tun und noch viel Arbeit vor mir. Dabei ist mir ein Aktenordner aufgefallen, der auch mir schwer aufgestoßen ist. Das war der Ordner über eine Firmen-Auflösung. Was da weiter passieren wird, davon habe ich keine Ahnung. Ich habe überhaupt keinen Einfluss auf die Dinge, die nun darauf folgen. Nach den gesichteten Verträgen gibt es die Firma nicht mehr – das ist Fakt."

Sven klärte die beiden Herren noch darüber auf, dass alle Verträge vor dem Tode des Chefs abgeschlossen wurden und er selbst keinerlei Befugnis hat, irgendetwas Firmen-mäßig zu entscheiden.

Es entstand eine Pause, dann sagte einer der Werksleiter: „Wissen Sie eigentlich, dass auch die Sekretärin Ihres Vaters verstorben ist?"

Dies traf jetzt Sven wie ein harter Schlag. „Nein, das weiß ich nicht – kann es kaum glauben. Frau Herbst war doch eine Stütze der Firma, die völlige Vertrauensperson meines Vaters. Bricht denn jetzt alles zusammen? Was ist genau passiert? Wissen Sie mehr darüber – bitte sagen Sie es mir!"

Wieder entstand eine Pause, bis Sven eine Antwort bekam: „Es war wohl ein Unfall. Frau Herbst ist im Büro tödlich verunglückt. Genauer gesagt, sie ist aus dem Fenster gestürzt – aus dem zehnten Stock – sehr seltsam."

Sven war nicht in der Lage, etwas zu sagen. Seine Sprache verweigerte ihm regelrecht jedes Wort. Nach einer ganzen Weile sagte er: „Ich denke, wir sollten uns einmal treffen und über die Sache reden. Kommen Sie doch bitte morgen Nachmittag zu mir in Vaters Bungalow, sagen wir um 15.00 Uhr? Passt Ihnen das? Sie wissen doch, wo der Bungalow ist?"

Die beiden Angesprochenen bejahten Svens Fragen. „Gut, dann also bis morgen Nachmittag. Und entschuldigen Sie bitte, dass wir Sie so angefahren haben. Wir wussten das nicht, was Sie uns jetzt erzählt haben. Sie müssen ja auch genauso betroffen sein – also, nochmals – Entschuldigung."

Sven saß sehr lange und regungslos in einem der Sessel, die eigentlich Gemütlichkeit verbreiten sollten. Von Gemütlichkeit konnte nach diesem Gespräch leider keine Rede sein. Seine Gedanken überschlugen sich. Diese Sache stank immer mehr – Svens Wut steigerte sich. Dann erledigte er noch zwei Anrufe. Zum einen verständigte er den alten Portier der Firma von der morgigen Unterredung. Sven wollte einen alten Kampfgefährten seines Vaters dabei haben. Die beiden Werksleiter kannte er nicht. Und die Unterredung mit denen würde sicherlich nicht einfach werden – bei diesem brisanten Thema.

Zum anderen rief er Maria an, die Haushälterin seines Vaters. Er verständigte sie davon, dass er eine ganze Zeit lang hier am Ort bleiben würde, im Bungalow seines Vaters. Und er bat sie herzlich darum, ihre geschätzte Tätigkeit auch für ihn aufrecht zu halten.

Zumindest Maria machte er mit dieser Botschaft heute ein wenig froher.

----

6. Januar 2016 - 9.10 Uhr -

Mark und Diana Herbst hatten alles geregelt, was die Beerdigung ihrer Mutter betraf. Die beiden hatten einen zeitnahen Termin bekommen, für die Einäscherung und für die Urnenbeisetzung. Informationen darüber waren nur wenige zu tätigen, ganz den Wünschen von Silvia entsprechend. Den Beisetzungsplatz gab es ja auch schon, an der Seite ihres Mannes. Jetzt würde ein schlichtes weiteres Holzkreuz hinzu kommen. Diana kamen bei diesen Gedanken erneut die Tränen, die sie wieder nicht eindämmen konnte.

Mark sah dies und nahm sie in die Arme. „Es ist in Ordnung, Schwesterherz – lass alles raus. Mir geht es genauso. Wir stehen das zusammen durch."

„Danke", sagte Diana, „ich möchte ein wenig an die Luft. Da könnte ich bis zu Mutters Firma spazieren gehen und dort den Bestattungstermin bekannt geben. Ich werde es dort unten dem freundlichen Portier sagen. Der wird es dann weiter geben."

Mark nickte zustimmend und Diana verließ die Wohnung. Draußen schneite es wieder. Diana machte es nichts aus.

Genussvoll sog sie die frische Winterluft in ihre Lungen. Wenn sie auch noch ein wenig auf andere Gedanken kommen würde, das wäre schon echt eine Hilfe für sie. Aber wie sollte das gehen – nach allem, was geschehen war.

Jetzt stand sie vor dem Bürogebäude, in dem sie doch noch vor kurzem ihre Mutter besucht hatte. Es war so ein fröhlicher Abend gewesen. Wie schnell konnte sich das Leben doch ändern – furchtbar verändern.

Diana zog an der Eingangstür, die sich keinen Spalt weit öffnete. Auch der Portier war nicht zu sehen. „Gut, vielleicht haben alle noch hier verbliebenen Firmen Weihnachtsferien", dachte sie. Viele Firmen waren im Laufe der Zeit nicht mehr im Büroturm mit seinen zehn Etagen verblieben.

Diana drehte sich um und machte sich auf den Rückweg zur Wohnung ihrer Mutter, wo sich Mark wohl bereits die ersten Schriftstücke zur Durchsicht vornahm. Irgendwann mussten sie ja auch damit beginnen.

Nicht bemerkt hatte Diana, dass es auch k e i n Firmenschild „Albert Hansson sen." mehr gab.

Nur wenig später, Diana war wegen dem jetzt einsetzenden heftigen Schneetreiben etwas schneller gegangen, gelangte sie zur Wohnung ihrer Mutter zurück. Sie griff in ihre Manteltasche, um den Haustürschlüssel heraus zu holen. Sie fand ihn nicht, hatte ihn vergessen. Was sie bemerkte, das war ein Schriftstück in ihrer Manteltasche. Es war der Mantel, den sie beim letzten Besuch ihrer Mutter getragen hatte, und es war das Schriftstück, das sie hastig eingesteckt hatte, um nicht entdeckt zu werden, dass sie am Schreibtisch ihrer Mutter geschnüffelt hatte. Es war das vorgefundene Schriftstück mit den Bildern von Männern; die Bilder, die ihre Aufmerksamkeit erregt hatten – es war die Liste der Mitglieder des Verwaltungsrates.

Diana schellte, ihr Bruder öffnete. „Na, Du kleiner Schneemann – ist es so heftig draußen?", sagte er schelmisch, auch wenn ihm nicht so zumute war.

Diana drückte ihm das Schriftstück in die Hand und zog ihren mit dicken Flocken bedeckten Mantel aus.

„Schau, was ich im Mantel hatte", sagte sie. „Ich hatte den beim letzten Besuch in Silvias Büro an." Mark warf einen schnellen Blick darauf, dann einen zweiten.

Ihm fielen sofort die Namen auf - Namen, die er in den letzten Minuten in Schriftstücken gefunden hatte, nachdem er sich einen Karton vorgenommen hatte, den Silvia wohl ungeöffnet in der Wohnung abgestellt hatte.

Mark war noch nicht weit gekommen – mit der Karton-Durchsicht. Diana war ja eigentlich nur kurz weg gewesen. Jetzt setzten sich beide Geschwister an den Tisch, auf dem Mark die weiteren im Karton befindlichen Schriftstücke ausbreitete, Kopien einer Firmen-Sitzung.

Seite um Seite nahmen sich die beiden vor. Ihre Gesichter wurden immer nachdenklicher. Als sie den Karton durch gearbeitet hatten, sahen sich beide voller Entsetzen an.

„Wie konnte Mutters Chef nur so etwas zulassen?", war Dianas erster Satz, den sie hervor bringen konnte. „Silvia hatte uns doch nur das Beste von ihrem Chef berichtet. Anscheinend liebten seine Angestellten ihn – wie kann er da so etwas machen? Das soll er mir persönlich sagen!"

Mark sah sie an und zeigte ihr ein mehrseitiges Schriftstück, das seine Schwester noch nicht eingesehen hatte. „Schau Dir das mal an", sagte er.

„Es scheint ganz so, als ob der alte Hansson nicht mehr in der Lage war, anders zu entscheiden. Diese Schriftstücke sind meiner Ansicht nach einfach schon als kriminell anzusehen, was meinst Du dazu?"

Diana las - und ihr Entsetzen steigerte sich. Sprachlos sah sie ihren Bruder an. Ihr Gehirn bildete einen Zusammenhang mit Mutters Tod, der Firma und dem alten Hansson. Hätte man in ihren Kopf schauen können, man würde in diesem Augenblick eine Tendenz zu Verzweiflung und Mordlust entstehen sehen.

Mark war es beim Lesen der Papiere nicht anders ergangen.

----

6. Januar 2016 - 11.45 Uhr –

Er wusste auch nicht warum, aber Sven Hansson fiel mit einem Male wieder Vaters Sekretärin ein – die, die auf dem Friedhof nicht erschienen war. Erst gestern hatte er ja durch die Betriebsleiter der beiden Außenwerke erfahren, warum dies nicht möglich war, dass auch Silvia Herbst tot war. Sven suchte im Telefon-Verzeichnis seines Vaters ihre Nummer und wählte diese an. Vielleicht würde sich in ihrer Wohnung jemand melden, jemand von der Familie, und eventuell käme ein Gespräch zustande, sodass auch Sven weitere oder neue Informationen erhalten könnte.

Nach wenigen Augenblicken meldete sich eine ihm fremde Männerstimme, und Sven fiel ein, die Stimme der Sekretärin wäre ihm auch ebenso unbekannt vorgekommen. Sven hatte niemals im Büro angerufen; die Fronten diesbezüglich waren ja mit seinem Vater ein für allemal geklärt.

„Hier ist Mark Herbst. Das ist der Anschluss meiner Mutter Silvia Herbst. Mit wem spreche ich?"

„Guten Tag, entschuldigen Sie bitte die Störung",

sagte Sven Hansson. „Ich bin der Sohn von Albert Hansson, dem Chef ihrer Mutter."

Mark erstarrte, seine Schwester sah ihn bangend an. So hatte sie ihren Bruder noch nie erlebt. Der hatte in seinem Kopf im Augenblick nur noch die Vorgänge im Karton, den mit den Schriftstücken. Mark war wütend und fuhr den Anrufer an: „Mit einem Hansson zu sprechen, das ist das Letzte, was wir im Augenblick wollen! Wie können Sie hier anrufen, nach allem, was passiert ist!"

Mark tilgte das Gespräch. Seine Schwester sah ihn immer noch entsetzt an – mit fragenden Augen.

„Das war Hanssons Sohn, ein Sven Hansson! Ich glaube nicht, dass Du den im Augenblick sprechen möchtest."

„Gewiss nicht", sagte Diana und in ihrem Kopf begann ein Hammer seine Arbeit.

... im Bungalow

Am anderen Ende der abrupt geendeten Verbindung saß ein ebenso verstörter Sven Hansson. „Was habe ich denn verbrochen?", dachte er. „Warum hat man so heftig auf meinen Anruf reagiert. Ich habe es doch nur gut gemeint!"

Dann dämmerte es ihm. Sicherlich hing auch dies alles mit den Vorgängen in der Firma zusammen, die ja auch Frau Herbst betrafen. Und dass man auch i h m dies übel nahm, das verstand er mit einem Male. Woher sollte die Familie Herbst auch wissen, dass er, Sven, überhaupt nichts mit diesen Dingen zu tun hatte. Er musste dies unbedingt klar stellen. Dass dies heute kein guter Zeitpunkt war, das hatte er an dem soeben geführten Gespräch fest gestellt – einem vollständig missglückten Gespräch.

Sven sah auf die Uhr und stellte fest, dass er bis zum verabredeten Termin um 15.00 Uhr hier im Bungalow noch reichlich Zeit hatte. Er würde noch einmal die Unterlagen sichten, die das Ende der Firma betreffen, um genug Informationen für die Werksleiter bereit zu halten, die diese wohl verdienen, statt völlig überfahren zu werden.

Sven musste an die vielen Menschen denken, die aus heiterem Himmel heraus jetzt ohne Arbeit da standen. „Mein Vater wird sich im Grab umdrehen", dachte Sven, „wenn er sieht, was hier passiert. Da war mit Sicherheit nicht alles gerecht gelaufen, nicht mit rechten Dingen geschehen."

Sven würde auch von den Herren, die er erwartete, sicher noch Details über die Firma erfahren. Er vertiefte sich wieder in den Aktenordner, der so viel über das Schicksal verdammt vieler Menschen entschied.

An der Haustür erschallte das Läutwerk. Sven schreckte hoch und war erstaunt, wie schnell die Zeit vergangen war. Tatsächlich, es war bereits 15.00 Uhr. Der Portier war als Erster erschienen, und sein Gesicht verriet eine tiefe Trauer. „Was muss der arme Mann im Augenblick durch machen", dachte Sven, reichte ihm seine Hand und hielt diese lange gedrückt. „Mein Beileid, noch einmal", sagte der Portier. „Und danke, dass Sie auch mich zu einer Besprechung hier her bitten – ich bin doch nur der Portier!"

Sven sah ihm ins Gesicht: „Mein Vater hat keinen Unterschied gemacht, was man ist, sondern es war ihm wichtig „wer" man ist.

Und Sie waren ihm immer ein zuverlässiger Mensch und irgendwie ein sehr vertrauter Mitarbeiter."

„Danke", erwiderte der Portier. „Das tut mir richtig gut - in diesen schrecklichen Tagen. Oh, es läutet, das werden ihre anderen Gäste sein, Herr Hansson. Ich bin gespannt, wer dies sein wird."

Sven öffnete die Haustür - die beiden mit ihm verabredeten Werksleiter traten ein, ebenfalls ihr Beileid bekundend. Für Sven waren diese beiden Besucher fremd, er hatte beide noch nie gesehen - es bestand keinerlei Verbindung, etwa so wie mit dem alten Herrn, der bereits im Kaminzimmer saß.

Was ihm die beiden Leiter der Außenwerke berichteten, das veranlasste bei Sven, dass sich ihm alles sträubte, einschließlich der Nackenhaare. Die besagten Schreiben, die an die Firmenangehörigen heraus gegangen waren, die beinhalteten eine wahre Unverschämtheit. Außer, dass niemand mehr zur Arbeit erscheinen soll, waren keine Informationen darin enthalten, wie sie sich verhalten sollen, wie und ob es irgendwie weiter geht. Alle waren ins völlig Ungewisse entlassen worden. Es gab keine Hinweise auf eine soziale Abfindung, keinen Hinweis, ob ein Sozialplan existiert – einfach nichts!

Sven war fassungslos und war sich bewusst, dass es so allen ergangen sein muss, die dieses Schreiben in Händen hielten. Er sah alle Anwesenden an, und es dauerte ziemlich lange, bis ihm wieder erste Worte aus seiner wie ausgedörrten Kehle gelangen.

„Meine Herren, Sie sehen mich ebenso fassungslos. Ich hatte Ihnen ja bereits erklärt, dass ich mit diesen beschämenden Dingen nichts zu tun habe. Ich habe keinerlei Verbindung zur Firma meines verstorbenen Vaters – ich kann diesbezüglich nichts veranlassen, einfach nichts ändern, was mir sehr leid tut – bitte glauben Sie mir das."

Einstimmiges Nicken beherrschte die Runde der Zuhörenden.

Sven fiel mit einem Male ein, dass er gerade dabei gewesen war, einen besonderen Aktenvermerk seines Vaters zu lesen, als es geläutet hatte. „Einen Moment, meine Herren", ich muss schnell etwas holen, was uns alle hier interessieren könnte." Sven kam mit einigen Papieren zurück, blätterte diese kurz durch und sagte: „Ah, da ist ja die Stelle, die Sie und alle weiteren Firmenangehörigen interessieren wird. Sie macht zwar nichts wieder gut, was geschehen ist, aber es ist eine Milderung hinsichtlich der Finanzen aller Mitarbeiter."

Sven holte tief Luft, bevor er fort fuhr: „Mein Vater hat - und so kennen wir ihn alle - etwas in die Verträge, die er gezwungener Maßen unterschreiben musste, eingearbeitet. Da besagt eine Regel, dass jeder Mitarbeiter und jede Mitarbeiterin der Firma eine Summe aus dem Firmen-Vermögen erhält."

Die beiden Werksleiter und der Portier sahen sich an, noch nicht wissend, was sie davon halten sollen.

Sven fuhr fort: „Es ist dort bestimmt, dass diese Summe 10.000,- € beträgt. Und es steht dort, dass diese Summe jeder der oben Erwähnten erhält."

Sven dankte innerlich seinem Vater für diese Vereinbarung, die ihm diese Zusammenkunft ein klein wenig wohler machte, wenn auch das Gesamtgeschehen nicht rückgängig zu machen war.

„Das ist ein Hammer", sagte einer der beiden Werksleiter. „Hätte dies auch in den uns allen zugegangenen Schreiben gestanden, wäre die Stimmung wohl ein klein wenig besser – für den Augenblick jedenfalls."

Sven goss allen Gästen und sich einen Single Malt ein - aus den Beständen seines Vaters. „Lassen Sie uns das Glas auf Albert Hansson erheben, meinen Vater.

Wie Sie in den letzten Minuten gemerkt haben sollten, war er ein guter Mensch und mit dieser jetzt vorliegenden Entscheidung über die Firma keinesfalls einverstanden!"

Wiederum einstimmiges Nicken der Gäste, alle genossen ihren Drink.

Kurze Zeit später verließen die Werksleiter die Versammlung im Bungalow. Sven hatte den Portier gebeten, noch einen Moment zu bleiben. Er wollte noch etwas mehr über seinen Vater erfahren, und der Portier, als einer der längsten Mitarbeiter, war da sicher der geeignete Mann.

Sven hörte viele Dinge, die er mangels Interesse – und dafür verfluchte er sich – einfach nicht wissen konnte. Er hörte auch, dass es seinem alten Herrn keinesfalls gleich war, dass sein Sohn nichts mit der Firma anfangen konnte. Aber Sven dankte seinem Vater auch im selben Augenblick dafür, dass er ihn dies hatte nie spüren lassen. Am langen Arm hatte ihn der alte Herr also verfolgt, ihm aber alle Selbständigkeit gelassen und ihn sogar finanziell unterstützt. „Danke, Papa", sagte sein Inneres.

Was Sven noch wissen wollte, das war einiges über die Sekretärin seines Vaters – Silvia Herbst.

Der Portier sah Sven traurig an und erzählte ihm dann von der Tragik, die sich im Bürogebäude der Firma abgespielt hatte, soweit ihm etwas bekannt war. „Ihr Vater und Frau Herbst waren ein sehr gutes Team", sagte er. „Die beiden haben die Firma zusammen gehalten." Für Sven ergab sich nichts Neues. Seine Erschütterung wollte aber nicht weichen. Ein weiterer Single Mal war fällig – für beide. Der Portier berichtete Sven weiter, dass in Kürze die Beerdigung von Silvia Herbst anstand. Er riet aber davon ab, dass Sven dort erscheint.

Und das konnte Sven nachvollziehen, nach allem, was er bis jetzt wusste. Vor allem dachte er auch an das äußerst abweisende Telefonat, als er versucht hatte, irgendjemand in der Wohnung der Sekretärin zu erreichen. Ihr Sohn war sicher nicht geneigt, ihn, der verantwortlich gemacht wurde, zu sehen – schon gar nicht auf der Beerdigung der Mutter.

Sven Hansson verabschiedete jetzt auch den Portier. Es war spät geworden, und Sven bestellte ein Taxi für den alten Herrn. Der meinte zwar, dies sei nicht nötig, aber Sven fühlte so, dass er ihm dies schuldig war, dass er gut nach Hause kam.

Ein Schneesturm hatte eingesetzt, und als der Portier im warmen Taxi saß, war auch er froh über diese Entscheidung.

----

18. Januar 2016 - 14.30 Uhr -

Es war Montag, die kleine Kapelle des Friedhofs beherbergte eine überschaubare Anzahl von Personen. Gemäß dem Wunsch der Mutter hatten Diana und Mark nur einige Wenige informiert. Von der Firmenspitze wollten die beiden Niemanden sehen. Mark hatte den Portier erreicht, der war willkommen und auch erschienen. Im Gespräch hatte der Portier berichtet, dass die beiden Werksleiter der Außenstellen auch sehr gerne erscheinen würden. Und nachdem Mark und Diana dann wussten, dass diese keinesfalls etwas mit irgendwelchen Machenschaften zu schaffen hatten und ebenso bestürzt über das Geschehene waren, hatten sie zugestimmt.

Und noch etwas hatte ihnen der Portier erzählt – dass der alte Herr Hansson ebenfalls verstorben war. Diana und Mark hatten sich entgeistert angesehen. Was war da geschehen, war das etwa ein Schuldeingeständnis? Darüber wird nach der Zeremonie noch zu reden sein, waren sich die beiden einig. Das Gespräch, das sich Diana mit dem alten Herrn Hansson in ihrer Wut vorgenommen hatte, war damit vom Tisch.

Der Pfarrer hielt seine Predigt kurz und bündig ab.

Auch das hatten sich die Geschwister so gewünscht und waren sehr froh, auf einen verständnisvollen Menschen der Kirche gestoßen zu sein. Bei Beerdigungen geht es bei den Hinterbliebenen meist immer bis an die äußersten Belastungsgrenzen, und Diana und Mark waren froh, nach kurzer Zeit wieder auf dem Heimweg zu sein.

Die Geschwister hatten jetzt sehr viel Zeit miteinander verbracht – kein Wunder, wohnten doch beide in der Wohnung ihrer Mutter. Nach und nach hatten die beiden die Wohnung durchstöbert. Sie hatten eine längere Zeit damit verbracht, Bilder aus frühesten Zeiten anzusehen, die ihre Mutter in zahlreichen Alben verwahrt hatte. Außer der Kinderzeit damals gab es nicht mehr viele Fotos, die die Familie gemeinsam zeigten. Und nach dem Tode des Vaters hatten sich auch Bruder und Schwester kaum mehr gesehen. Jeder war seinen eigenen Weg gegangen – jedoch, wie sich jetzt gemeinsam herausstellte – nicht, ohne den anderen aus seinen Gedanken zu verlieren. Diese Erkenntnis tat den beiden gut, und so lagen sie sich nach Durchsicht der letzten Alben noch lange in den Armen und genossen dies offensichtlich.

Zuviel gemeinsame Zeit hatten sie versäumt – dies sollte nicht für die Zukunft gelten, das versprachen sich beide.

Mark würde noch weiter in der Wohnung bleiben und seine Geschäfte von dort aus betreiben, sollten sich welche ergeben. Als Architekt konnte er von überall aus arbeiten, wenn er nicht gerade persönlich vor Ort sein musste.

Diana flog zurück nach Südafrika, wo immer noch die Reportage auf sie wartete – und ihr Koffer. Viele andere Dinge während ihrer Arbeit zu sehen, so weit weg von allen Geschehnissen, das würde ihr sicherlich bekommen. Und mit Mark würde sie sehr oft Verbindung halten.

----

12. Februar 2016 - 18.50 Uhr -

Im Studio des örtlichen Fernseh-Senders lief sich Gaston Kemmler warm. Er machte kein Lauftraining, denn es sollte keine Sportsendung gezeigt werden. Nein, Kemmler machte Finger-Übungen. In wenigen Minuten, zu einer der besten Sendezeiten, war es soweit. Dann konnte der Hobby-Koch wieder zeigen, welche schmackhaften Dinge diese Welt bereit hielt, für seine Zuschauer zu Hause und die im Studio. Gaston Kemmler konnte sich nun ganz seinem Hobby widmen, nachdem er keine Zeit mehr im Aufsichtsrat einer Firma, die zu existieren aufgehört hatte, zu vergeuden hatte. Er war gut situiert aus der Firma hervor gegangen, beinahe reich. Gut, bei drei Millionen, von denen noch eine schlief, konnte man dies wohl so nennen – reich. Zumindest erlaubte ihm sein Kontostand die Freiheit, diese so zu gestalten, wie er es jetzt tat.

Nur noch zwei Minuten, dann kam sein Auftritt, so wie jeden zweiten Freitag. Dies war inzwischen sein dritter Auftritt, und es war den Zuschauerzahlen nach jedes Mal ein Erfolg - für ihn und den Sender. Um Punkt 19.00 Uhr betrat Kemmler „seine" Bühne.

Das dort versammelte Fernseh-Publikum empfing ihn schon heftig klatschend, ganz brav dem Schild entsprechend: „jetzt Klatschen". Gaston Kemmler genoss diesen Augenblick jedes Mal, und er hoffte noch auf viele dieser Augenblicke.

Um dieselbe Zeit begann ein weiterer Auftritt. Der Fahrer des kleinen Lieferwagens parkte vor Kemmlers Haus. Und der war absolut k e i n Fan von Kemmler. Bereits vor zwei Wochen hatte er dort einmal auf der gegenüberliegenden Straßenseite geparkt und beobachtet, wie der inzwischen berühmt gewordene Hobby-Koch sein Haus verließ – bereit für eine neue Sendung „ Mein Gemüse ist auch Dein Gemüse".

Der Fahrer lächelte und dachte „Es könnte auch heißen: Mein Haus ist auch Dein Haus". Denn er hatte bemerkt, dass Kemmler mit etlichen Utensilien bewaffnet aus dem Haus kam, bereit zur Fahrt ins Studio. Offensichtlich schwört Kemmler auf „sein" eigenes Spezial-Werkzeug - anscheinend besonders auf seine Messer. Wozu sonst hatte er zum Beispiel einen Messer-Block in Händen, wenn er das Haus verließ?

Der Beobachter hatte auch bemerkt, dass Kemmler dann seine Haustür nur ins Schloss fallen ließ – wohl wegen der vielen Sachen, die er in seinen Händen hatte. Er stieg aus seinem Wagen, bekleidet mit einem Overall, der ihn wie einen Handwerker aussehen ließ. Seine große Werkzeugtasche tat ihr übriges. Nur die feinen und sehr dünnen Handschuhe, die passten irgendwie nicht zu einem Handwerker, den man wohl eher mit Arbeits-Handschuhen aus dem Baumarkt vermuten würde. Wie gehofft, war auch heute die Tür nur zugezogen worden. Mit Hilfe einer Sache, die in vielen Kriminalfilmen leider immer wieder gezeigt wird, öffnete sich die Haustür sofort. Vorher hatte er zum Schein sich so verhalten, als drücke er die Klingel. Schnell schlüpfte er in den Hausflur. Er sah sich um, ging nach und nach in alle Räume. Licht machte er nur im Flur und in der Küche. Überhaupt kein Licht, das wäre für einen Handwerker-Besuch zu auffällig gewesen, und Aufmerksamkeit konnte er heute nicht gebrauchen.

„So lebt also ein Starkoch", dachte er. Dann ging er zurück in die Küche. Intensiv sah er sich um. Sein Blick blieb am Herd hängen – einem sehr komfortablen Gasherd. Zwar hatte er dieses Model noch nie gesehen, praktisch hatte sich das System selbst aber nicht viel verändert.

Allerdings waren einige Sicherungen eingebaut, mehr als damals in früheren Zeiten. Sein Vater war Installateur gewesen. Von ihm hatte er gelernt, auch mit solchen Dingen umzugehen. Er drehte sämtliche Schalter auf die höchste Stufe und löschte die Flammen. Das Sicherheits-System wollte einschreiten, aber auch damit wurde er fertig. Zufrieden hörte er die zischenden Geräusche. Die Türen zum Ess- und Wohnzimmer ließ er geöffnet. Die Küchentür zum Flur hin schloss er und schraubte im Flur die Birne der Deckenbeleuchtung so weit heraus, dass sie nicht mehr brannte. Kemmler konnte somit keinen Zündfunken erwirken. Wenn der seine Arme beladen hatte und im Flur kein Licht funktionierte, würde er wohl sicher geradeaus durchgehen – in die Küche. Auch hatte er daran gedacht, den Kühlschrank auszuschalten, der wie jeder von denen die Eigenschaft besitzt, in gewissen Abständen sich aus- und einzuschalten. Ein letzter Blick zurück, dann verließ er das Haus, stieg in seinen Wagen und fuhr in aller Ruhe nach Hause.

Unterwegs hielt er noch auf einem einsamen Parkplatz an und entfernte das Magnetschild auf den Seiten seines Fahrzeugs. Genau dort hatte er auf dem Hinweg zum Haus die Schilder auch angebracht.

Wenn jemand später nach dem Wagen und einer Beschreibung gefragt würde, was könnte der sagen – nur, dass es der Lieferwagen einer Firma und dass es wohl ein älterer Monteur war. Der Firmenname auf den Schildern war ein Fantasiename, nicht zurück zu verfolgen also – würde wohl als Ablese-Fehler angenommen werden. Zu Hause angekommen, schaltete er den Fernseher ein. Er sah noch das letzte Bild der Koch-Show mit Gaston Kemmler, der sein nächstes Erscheinen dem applaudierenden und aufstampfenden Publikum in vierzehn Tagen ankündigte. Es war ein sehr zufrieden dreinblickender Gaston Kemmler zu sehen, der allen wieder einmal „seine" Kunst gezeigt hatte.

Zufrieden schaute auch der „Handwerker" drein, schaltete den Fernseher aus und ging die paar Schritte bis zu seinem Stammlokal um die Ecke. Er meinte, dass er sich ein oder zwei Bier verdient hatte.

----

12. Februar 2016 - 19.00 Uhr -

In der Wohnung seiner Mutter saß Mark Herbst vor seinem Laptop. Seit fast zwei Stunden beschäftigte er sich mit Recherchen über die Firma Albert Hansson. Er wollte und konnte sich so besser ein Bild darüber machen, mit welchen Dingen seine Mutter beschäftigt war. Gut, mit Sekretärinnen-Kram, das war klar, aber Mark wusste nun auch mehr darüber, was die Firma am Markt hervor brachte und wer die Menschen sind, die dort arbeiten. Im allwissenden Netz war nicht nur Mutters Chef zu sehen, auch das Material über den Aufsichtsrat gab Informationen preis, wie das heute so üblich ist. Geheimnisse konnte Mark natürlich nicht entdecken - bis er auf eine Eintragung stieß, die ihn völlig überraschte.

„Die Firma Albert Hansson sen." ist erloschen!

Mark glaubte seinen Augen nicht zu trauen, aber er sah es schwarz auf weiß. „Das war dann wohl auch das Ende aller Hoffnung für die Firmenmitarbeiter. Das Schicksal empfindet also keine Gnade für die vielen Menschen, die jetzt ohne Zukunft da stehen – besonders die älteren Mitarbeiter unter ihnen", dachte er.

Ihm wurde es fast übel bei dem Gedanken, dass nur einige wenige als Gewinner aus diesem bösen Spiel heraus gekommen waren und die Anderen vor dem Nichts standen. Mark ließ sich einige Informationen ausdrucken. Es hatte sich also wohl niemand gefunden, der die Firma weiter führen würde – nicht einmal unter einem anderen Namen.

Bei nächster Gelegenheit würde er dies alles seiner Schwester berichten. Er überlegte noch kurz, dann schickte er Diana spontan eine SMS. Mit dieser Nachricht konnte er einfach nicht warten. Das musste Diana erfahren, sofort erfahren, wo immer sie auch gerade ist. Die ausgedruckten Seiten legte Mark zu der Liste des Aufsichtsrats, die Diana noch in ihrem Mantel wieder gefunden hatte.

Fünf lächelnde Gesichter schauten ihm auf den Hochglanzfotos entgegen. Mark schüttelte ärgerlich den Kopf und wandte sich weiter den restlichen noch zu sichtenden Unterlagen seiner Mutter zu.

----

12. Februar 2016 - 20.20 Uhr -

Gaston Kemmler parkte seinen Wagen vor dem Haus, nachdem er sich kurzfristig entschieden hatte, diesen nicht in die Garage zu fahren, sondern eine kleine Spritztour zu einer landschaftlich sehr schön gelegenen Bar zu unternehmen, wo er noch ein gutes Glas Wein zu sich nehmen würde – ein gutes Glas Wein, das hatte er sich doch zumindest verdient, nach diesem erfolgreichen TV-Auftritt.

Fast wäre Kemmler direkt weiter gefahren, aber im letzten Augenblick erinnerte er sich an das, was er noch im Kofferraum hatte, zum Beispiel seinen Lieblings-Messerblock. „Den bringe ich noch schnell hinein und mache mich etwas frisch", dachte er. Voller Freude über das, was heute hinter ihm lag und auch über das, was noch vor ihm lag, schloss er seine Haustür auf und betätigte den Lichtschalter der Flurbeleuchtung.

Kemmler stutzte, nichts tat sich – es blieb dunkel. Er ging weiter und öffnete die Küchentür. Er spürte, dass etwas fremd war, was ihn empfing. Instinktiv wollte er das Licht einschalten, besann sich dann aber in derselben Sekunde, weil ihm bewusst wurde, dass es Gas ist, was er da roch.

Immer noch im Dunkel, schon einen Schritt in der Küche, spürte Kemmler, wie etwas seinen Armen entglitt. Sein größter Küchenschatz, sein wertvolles japanisches Messer, ein Original, verließ den Messerblock. Unaufhaltsam fiel das Messer – für Kemmler kam es wie eine Zeitlupe vor, obwohl er im Dunkel gar nichts genau erkennen konnte – dem Küchenboden entgegen.

Kemmler konnte nichts dagegen unternehmen.

Die Zeitlupe war beendet. Mit seinem schweren Stahl – zig-fach gefaltet - berührte die Messerspitze den Boden. Der Stahl verursachte mehrere Funken auf den Küchen-Fliesen – einer hätte gereicht.

Kemmler sah nur noch einen sehr grellen Blitz. Der unvorstellbar heftige Druck schleuderte ihn in den Flur. Erst an der Haustür, durch die er glatt hindurch geflogen wäre, wenn es eine Glastür gegeben hätte, blieb er liegen - regungslos.

Für die nur wenig später eintreffende Feuerwehr bot sich ein Bild der Zerstörung. Den aufgetretenen Brand hatte sie schnell unter Kontrolle.

Die ungeheure Explosion hatte jedoch das Haus fast völlig zerstört. Nicht nur die Wände hatten gelitten, es hatte sogar das Dach ein wenig angehoben. Die Ermittler mussten mit Einsturzgefahr rechnen. Man würde warten, bis der Tag anbricht, um sich ein klares Bild zu verschaffen.

Weiter gab es hier im Augenblick nichts mehr zu tun. Auch der Notarzt hatte Gaston Kemmler absolut nicht mehr helfen können. Die Explosion hatte dessen Leben für immer ins nichts geblasen.

An die etwas hundert Personen der ehemaligen Firma Hansson ahnten in diesem Augenblick nicht, dass auf ihren Konten in nächster Zeit jeweils um die 10.000,- € erscheinen werden.

----

13. Februar 2016 - 7.00 Uhr -

Ein schon älterer Herr holte seine frisch vor die Haustür geworfene Morgenzeitung herein. „Sitten sind das wie in Amerika", dachte er, da er einmal beobachtet hatte, wie der Zeitungsbote – offenbar ein Schüler - die Zeitung vom Fahrrad aus ein paar Meter bis vor die Haustür geschleudert hatte.

„Beschweren werde ich mich", dachte er, „wenn dies auch bei Regenwetter so gehandhabt wird und ich nur noch einen nassen Haufen Papier in Händen halte." Diese Art der Zeitungszustellung hatte er später in mindestens zwei amerikanischen Fernsehfilmen gesehen und gedacht: „...scheint wohl der Zahn der Zeit zu sein. Früher oder später scheint ja von Amerika aus alles sowieso auch nach Deutschland zu gelangen."

Er nahm sich die Zeitung vor – das riesige Bild auf der Titelseite sprang ihn an. Die Explosion im Hause Kemmler war der Aufmacher der örtlichen Tageszeitung – mit einem Bild vom zerstörten Haus. Und natürlich wollten Radio und Fernsehen dem nicht nachstehen. Alle örtlichen und überregionalen Sender sendeten darüber, was das Zeug hielt.

Schließlich war es nicht nur ein Spruch „ ...bekannt aus Funk und Fernsehen", nein, der Spruch stimmte sogar.

Gaston Kemmler war ein Prominenter aus Funk und Fernsehen, ein prominenter Hobby-Koch, der in kurzer Zeit bereits einem riesigen Publikum bekannt wurde - und der nie wieder vor seine Fans treten wird, höchstens auf dem Friedhof, dann aber liegend.

Die Zeitung ergab keine konkreten Hinweise auf den Grund der Explosion. Eine Polizeisprecherin sagte nur kurz und knapp, dass in alle Richtungen ermittelt werde, im Augenblick aber ein Unfall für wahrscheinlich gehalten wird.

In verschiedenen Radiosendern waren mehr Spekulationen zu hören. Da war die Rede sowohl von einem Unfall, sowie auch von einem möglichen Attentat, das ein Neider des Fernsehkochs zu verantworten hatte. Dass ein so fähiger Koch seinen Gasherd nicht beherrscht, wollten die meisten der Interviewten zunächst nicht einsehen. Im Laufe des Tages schlossen aber immer mehr dies auch nicht ganz aus. Ein Unfall oder Vergesslichkeit kann schließlich jeden treffen.

Das Thema würde noch einige Zeit in den Schlagzeilen auftauchen, da war sich der alte Herr sicher.

Er gönnte sich eine weitere Tasse Kaffee, lehnte sich zurück und las den Rest der Zeitung, um sich von seinen Gedanken abzulenken, wie wohl seine eigene Zukunft aussehen wird – eine Zukunft, die ihm Angst einjagt.

----

16. Februar 2016

Mark Herbst hatte sich durch einen weiteren Aktenstapel im Nachlass seiner Mutter gekämpft. Dabei fiel ihm ein Briefumschlag in die Hände, der noch ungeöffnet inmitten weiterer Papiere lag. „Das muss einer aus Mutters Briefkasten sein, den wir bereits kurz nach Weihnachten herausgeholt haben", fiel Mark ein. Durch die ganzen Ereignisse, die Beerdigung und überhaupt – der Brief war wohl in Vergessenheit geraten.

Marks Neugier war geweckt. Er sah sich den Umschlag genauer an und wunderte sich. Der Absender war Mutters Chef – Albert Hansson. Mark öffnete den Umschlag, nahm den Briefbogen mit dem Kopf „Hansson" heraus. Was er las, bedrückte ihn sehr – es war der letzte Brief, den Albert Hansson in seinem Leben geschrieben hatte.

Im nächsten Augenblick erhielt Mark Herbst einen unvermuteten Anruf. „Hallo, hier ist die Hausbank von Frau Silvia Herbst", meldete sich eine Dame. „Mit wem spreche ich?"

„Ich bin der Sohn, mein Name ist Mark Herbst. Was kann ich für Sie tun?"

Die Antwort aus der Bank kam spontan: „Erst einmal herzliches Beileid, Herr Herbst. Wir haben vom Tode Ihrer Mutter gehört. Es ist so, dass ich etwas für Sie tun kann. Vielleicht wissen Sie es noch gar nicht, aber auf dem Konto Ihrer Mutter sind 200.000,- € eingegangen. Wenn Sie der Sohn sind, bitte kommen Sie doch bald einmal vorbei. Ich denke, dass wir ein Gespräch führen sollten – vielleicht über eine Geldanlage?"

Mark war überrascht – erst Hanssons Brief - na klar, der darin erwähnte Geldbetrag, jetzt der Anruf der Bank. „Ich habe noch eine Schwester", sagte Mark. „Sobald sie wieder in der Stadt ist, werden wir uns beide bei Ihnen melden."

Das war zunächst geklärt, das Gespräch war beendet – dieses Gespräch. Denn im nächsten Augenblick – Mark hatte gar keine Zeit, weiter darüber nach zu denken – kam ein weiterer Anruf herein. Es war Diana, die endlich Zeit gefunden hatte, um auf Marks SMS zu antworten.

„Du glaubst nicht, was hier alles passiert ist, vor allem gerade kurz vor Deinem Anruf", begann Mark.

„Von der Firmenlöschung weißt Du ja aus der SMS, die ich geschickt hatte; es ist noch mehr geschehen.

Ich habe einen Anruf der Bank bekommen. Auf Mutters Konto ist eine enorme Summe eingegangen. Weiter habe ich heute in ihren noch ungelesenen Unterlagen einen Brief des alten Hansson gefunden. Den hat er am Tage seines Todes – am 24. Dezember - geschrieben."

In Südafrika konnte Diana keinen klaren Gedanken mehr fassen. Als sie wieder Worte fand, bat sie ihren Bruder, ihr den Brief vorzulesen, was Mark tat.

Als Mark geendet hatte, sagte Diana bedrückt: „Wenn wir das etwas früher erfahren hätten, wäre alles etwas einfacher zu verstehen gewesen. Auch hätten wir dann nicht so einen großen Zorn gehabt, Zorn auf die Firma, Zorn auf Hansson. Zumindest Mutters Chef scheint ja keiner der üblen Burschen gewesen sein. Für den muss das auch mehr als tragisch gewesen sein. Wenn es ginge, würde ich ihn für meine Gedanken um Entschuldigung bitten."

„Wann kannst Du nach Hause kommen? Was macht Dein Auftrag?", fragte Mark, und seine Schwester antwortete ihm, dass sie in einer Woche den Rückflug nach Deutschland antreten kann."

----

23. Februar 2016 - eine Woche später -

Das Flugzeug aus Südafrika landete pünktlich. „Erst sehen wir uns monatelang nicht", dachte Mark, „und dann bin ich hier schon Stammgast am Flughafen." Er musste darüber schmunzeln, was ihm bei diesem Besuch hier wesentlich leichter fiel, als das letzte Mal, als er Diana abholte und mit ihr viele traurige Tage und Nächte wegen ihrer Mutter verbrachte.

Es war natürlich keineswegs so, dass er – ebenso wie Diana – die Traurigkeit über Mutters Tod los geworden wäre, aber einiges gegenüber der letzten Abholung hatte sich geklärt. Maßgeblich daran beteiligt waren der Brief vom alten Hansson und die Mitteilung der Bank über den hohen Betrag, der jetzt den beiden Geschwistern zur Verfügung stand.

„Wir sind zur Zeit ja beide nicht mit Reichtum gesegnet", dachte Mark. „Diana wird sich freuen, wenn sie hört, um welche Summe es geht." Kaum gedacht, kam ihm ein neuer Gedanke, ein schuldbewusster Gedanke: „Mutter wäre uns viel wichtiger".

Diana brauchte dieses Mal etwas länger für die Kontrollen – im Gegensatz zum „kleinen Gepäck" hatte sie jetzt ihre gesamten Sachen dabei, natürlich auch ihren Koffer, der streng kontrolliert wurde. Dann kam sie durch die letzte Sperre und sah Mark, der ihr mit beiden Armen winkend entgegen kam.

Während der erneuten Fahrt zu Silvias Wohnung wiederholte Mark sinngemäß den Brief, den Hansson geschrieben hatte. Und er deutete jetzt auch die Summe an, die ihm von der Bank mitgeteilt worden war. Diana war platt, konnte es nicht glauben. Mark musste es für sie zweimal wiederholen: „Es sind 200.000,- € - Schwesterherz!"

In der Wohnung angekommen, las Diana erst einmal Hanssons Brief. Den las sie zweimal und konnte selbst dann kaum begreifen, welche Tragödie sich auch bei Mutters Chef abgespielt hatte.

„Heute ist es bereits zu spät", sagte Mark. „Lass uns morgen früh zur Bank gehen und klären, was gemacht werden muss".

Diana nickte und ging ins Schlafzimmer, um erst einmal ihren Koffer auszupacken. Ihre Sachen waren jetzt so ziemlich „aufgebraucht", und Diana beschloss, erst einmal für saubere Wäsche zu sorgen.

Während die Maschine die weitere Arbeit übernahm, setzte sich Diana an ihren Laptop. Sie wollte ebenfalls einige Eintragungen überprüfen, so wie es Mark vor ihr getan hatte – hinsichtlich Mutters ehemaliger Firma. Bei der Eingabe der Namen der fünf Verwaltungsratsmitglieder sagte ihr Display „Bingo", meinte damit, dass weitere Informationen vorhanden sind – Informationen, die Gaston Kemmler betreffen.

„Mark, kommst Du mal bitte", rief Diana. „Das musst Du hier Lesen. Das weißt Du sicher auch noch nicht, sonst hättest Du es mir bestimmt erzählt."

Diana rief alle Seiten nach und nach auf, die irgendwie Kemmler betrafen. Die beiden Geschwister sahen sich zwischendurch immer wieder fragend an, wenn sie nicht gerade ihre Köpfe schüttelten. Der berühmte Hobby-Koch Gaston Kemmler war also tot!

Mark sagte: „So ein Unfall ist natürlich immer tragisch, aber bei dem habe ich keine Trauer in mir." Und Diana ergänzte ihn: „Du fühlst genau wie ich, Bruderherz. Normalerweise ist dies nicht so mein Ding, aber wir beide wissen, was alles passiert ist. Für mich ist es wie ein Schicksal, dass alles so gekommen ist – irgendwie ist es wie eine kleine Rache, findest Du nicht?"

Beide waren sich einig, einig wie selten. Mark dachte darüber nach, wie sich wohl die anderen Mitarbeiter der Firma gefühlt haben, als sie diese Nachricht gehört hatten. Er kam zu einem gemischten Ergebnis.

----

24. Februar 2016 - 9.00 Uhr -

Am Frühstückstisch besprachen Diana und Mark noch einmal den gestrigen Tag. Beide hatten nicht gut geschlafen. Es waren beinahe Albträume, die alles Geschehene wieder aufleben ließen – irgendwie wurde durch den tödlichen Unfall alles wieder frisch im Kopf, obwohl die beiden doch eigentlich lieber einiges vergessen wollten.

„Lass uns nach dem Frühstück gleich aufbrechen", sagte Diana. „Soviel ich weiß, hat Mutters Bank am Mittwoch nur morgens geöffnet."
„Ok, ich bin auch fertig. Dann gehen wir doch los."

Der kurze Spaziergang zur Bank war für ihre beiden Köpfe irgendwie erfrischend. Nach wenigen Minuten empfing sie einer der Abteilungsleiter und bat die Geschwister in einen besonderen Raum.

„Sind wir jetzt VIP`s", dachte Mark, als er die Möblierung im Besprechungszimmer sah. „Alles vom Feinsten, stellte er fest!" Und Mark bemerkte mit einem Blick auf seine Schwester, dass diese wohl die gleichen Gedanken hatte.

Nach den üblichen Beileidsbekundungen in solchen Dingen kam ein Herr von der Bank zügig zur Sache.

Mark und Diana hörten sich verschiedene Vorschläge an und vereinbarten gemeinsam, alles in Ruhe zu überdenken. Dank ihrer Mutter, die weise Voraussicht bewiesen hatte, als sie eine „Verfügung zugunsten Dritter" bei der Bank hinterlegt hatte, ließen sich die Geschwister den Betrag von jeweils 8.000,- € auf ihre eigenen Konten überweisen. Damit ließ sich einige Zeit sicherlich gut wirtschaften.

Wieder zu Hause angekommen, hatte die Maschine ihre Tätigkeit eingestellt. Diana steckte die meisten Sachen in den Trockner, der Rest fand auf einem Wäscheständer im Bad Platz.

„Heute bleibe ich noch hier", sagte Diana. „Morgen packe ich dann die trockene Wäsche ein, nehme meinen Koffer und fahre in meine eigene Wohnung."

„Gut", lächelte Mark. „Ich gehe Dir sicher schon auf den Geist, wo Du doch so eng hier mit mir zusammen leben musst."

Diana ging zu ihm und nahm ihn in ihre Arme: „Nein, mein Lieber, es ist schön, dass wir uns so gut verstehen. Aber einige Zeit sollte jetzt auch jeder von uns für sich haben, meinst Du nicht auch?"

Statt einer Antwort drückte Mark seine Schwester ganz eng und sehr lange an sich, was doch sehr nach einer völligen Zustimmung aussah.

----

5. März 2016 - 8.00 Uhr -

Mark und Diana telefonierten, was sie sich als gewisse Regelmäßigkeit alle zwei Tage angewöhnt hatten. „Diana, ich weiß, es ist noch reichlich früh, aber ich muss Dir sagen - ich werde für ein paar Tage verreisen", sagte Mark. „Ich habe einen sehr schönen Auftrag erhalten. Es geht um einen Hausbau, mit allen Raffinessen, lukrativ. Ich reise aber erst in 10 Tagen – es geht in die Schweiz."

„Das freut mich für Dich", erwiderte Diana munter, was Mark an ihrer Stimmlage sofort bemerkte. „Und ich muss Dir sagen, dass dies ausgezeichnet passt. Ich hätte Dich gleich auch angerufen. Ich werde auch verreisen – und zwar recht bald. Schon morgen früh geht mein Flieger auf die Bahamas!"

„Hallo, da hast Du Dir ja ein wundervolles Reiseziel vorgenommen", begrüßte Mark Dianas Entschluss.

„Ja, das ist so etwas wie ein Traum von mir", rief Diana voller Freude. „Ich war zwar gerade in Südafrika unterwegs, was auch wundervoll ist, aber da war ich arbeiten. Vom Land habe ich nicht viel gesehen. Das könnte ich zwar jetzt nachholen, aber ich möchte doch zu einem anderen Ziel.

Mit Südafrika verbinde ich im Augenblick leider immer noch die furchtbare Nachricht von Mutters Tod."

„Das kann ich sogar sehr gut verstehen", sagte Mark mitfühlend. „Auf den Bahamas wirst Du sicher deutlich mehr Abstand haben. Also los, Schwesterherz – erfülle Dir Deinen Traum. Flieg auf die Bahamas!"

----

6. März 2016 - Bahamas -

Dianas Flug war zwar nicht gerade eine Kurzstrecke, trotzdem fühlte sie sich sehr gut. Nur noch ein paar Minuten, dann war sie am Ziel. Sie genoss den Anflug auf Andros Town. Es gibt dort einen „International Airport".

Mit Bedacht hatte sich Diana eine kleine Unterkunft auserwählt, jedoch hat dort jede davon eine Menge an Annehmlichkeiten zu bieten. Rummel in einer größeren Anlage wollte Diana absolut nicht. Was sie brauchte, das war Abstand – Abstand von eigentlich allem, besonders aber Abstand von Menschen. Ruhe genießen, darum war sie hier. Ihr ausgesuchtes kleines Ressort schien ein Treffer zu sein.

Diana war glücklich, sie hatte eine gute Wahl getroffen. Als sie ihren luxuriösen Schlafraum sah, fielen ihre Augen fast wie von allein zu. Erst jetzt machte sich bemerkbar, dass es doch eine lange Reise war, die sie hinter sich gebracht hatte. Kurze Zeit später fiel sie in einen traumlosen Schlaf.

----

7. März 2016

Als sie erwachte, schien schon die Morgensonne in ihren gemütlichen Bungalow. Diana reckte sich und dachte: „So erholsam habe ich schon lange nicht mehr geschlafen – sogar ohne den geringsten Albtraum."

Diana nahm im Restaurant ihrer Anlage ein kleines Frühstück zu sich, streckte die Beine von sich und war sehr glücklich, hier zu sein – fernab von allen Problemen und Sorgen der letzten Monate.

Den Tag verbrachte sie mit der Erkundung der Insel, mit Schwimmen - nur unterbrochen von einem kleinen leckeren Snack, den Diana ebenfalls in ihrem Ressort zu sich nahm.

Die Zeit verging wie im Fluge. „Ein komischer Spruch ist das", dachte sich Diana. „Dabei bin ich froh, hier mit beiden Beinen auf der Erde zu stehen." Sehr schnell wurde es Abend. Diana merkte, wie ihr die viele frische Luft hier sehr gut bekam. Auch bemerkte sie, dass gestern nicht der Tag der großen Mahlzeiten war. Knurrend meldete sich ihr Magen.

Während des Anfluges auf die Insel hatte Diana den wunderschönen Yachthafen bemerkt. Sie beschloss, sich dort etwas Gutes zu gönnen.

Nur kurze Zeit später erreichte sie ihr Abendziel – den „Andros Lighthouse Yacht Club & Marina".

Diana hatte sich schon unterwegs darauf vorbereitet, dort eine andere Art von Menschen als in ihrer Heimatstadt anzutreffen. Sie hatte die Flotte der schmucken Schiffe gesehen, für Arme war dies hier nichts. Aber sie hatte genug Charisma, um nicht in Unterwürfigkeit zu verfallen. Und dabei half ihr der Gedanke, dass sie eine hübsche Summe auf ihrem Konto hatte. Ein Schiff würde sie sich aber niemals leisten. Deshalb war sie auch nicht hier. Diana suchte sich einen Tisch am Rande des dazu gehörigen Restaurants aus – ihre nackten Füße berührten den feinen Sand; es fühlte sich einfach alles nur großartig an.

Großartig war auch ihr Abendessen. Sie bestellte Garnelen und eine Variation von Fischen, mit Salat. Der weiche aromatische Wein fügte sich nahtlos in Dianas positive Gedanken ein. Beim letzten Schluck ging die Sonne am Horizont im Meer unter.

Die Bar vom Club hatte sich langsam gefüllt. Diana überlegte, ob auch sie sich noch einen letzten Absacker gönnen sollte, bevor sie wieder ihr wundervoll gemütliches Bett für eine hoffentlich weitere erholsame Nacht genießen würde. Diana betrachtete die Personen an der Bar.

„Komisch", bemerkte sie mit schmunzelndem Blick, „alle Damen sitzen auf den Hockern der Bar, alle Männer stehen." Still lachte Diana vergnügt vor sich hin.

Gerade, als sie sich entschlossen hatte, die Bar näher in Augenschein zu nehmen, gab es dort eine „Szene". Offensichtlich hatte einer der Männer mit seiner Begleitung eine Auseinandersetzung, deren Lautstärke sich steigerte und bis zu Diana drang. Wütend verließ die betroffene Frau die Bar, der Mann sah ihr noch kurz hinterher – dabei sah er auch in Richtung Diana.

Diana stockte der Atem – diese Ähnlichkeit! Hatte sie sich diesen entfernten Ort ausgesucht, um sogar hier auf bekannte Gesichter zu stoßen – das konnte nicht sein – das durfte nicht sein! Und es war nicht nur ein bekanntes Gesicht – Diana glaubte es zumindest, ganz sicher war sie sich aber nicht.

Diana verließ ihren Tisch und entfernte sich, indem sie die Richtung der Bar vermied und am Strand entlang zügig zu ihrem Bungalow schritt – fast war es wie eine Flucht. Völlig aufgelöst erreichte sie diesen, ging hinein und schloss die Tür. Atemlos ließ sie sich in einen der gemütlichen Sessel fallen, stand dann wieder auf und goss sich aus der Hausbar einen doppelten Rum ein.

Der schoss ihr sofort in den Kopf. Diana nahm den Telefonhörer aus der Wandaufhängung – ihr Handy lag auf der Ladestation. Sie schaute auf ihre Uhr, überlegte kurz und wählte dann eine Nummer in Deutschland. Egal wie spät es dort war, sie konnte einfach nicht länger warten. Fast hätte sie aufgelegt, da vernahm sie eine vertraute Stimme.

Mark war mehr als verwundert, dass seine Schwester ihn schon jetzt anrief. Eigentlich hatten die beiden ausgemacht, mindestens eine Woche lang Funkstille einzuhalten - Zeit für jeden, allein zu sein, dies auch zu genießen und Zeit zu haben, um sich selbst über die eigene Zukunft einig zu werden.

„Entschuldige bitte, Mark", sagte Diana und ihre Stimme zitterte dabei. „Ich weiß im Augenblick nicht, wie spät es bei Dir ist, aber ich brauche unbedingt Deine Hilfe!"

Mark verspürte fast eine Panikattacke – er hatte das gleiche Gefühl in sich, wie er es aus Dianas Worten entnahm.

„Um Gottes Willen, Diana, die Uhrzeit ist doch ganz egal, wenn Du Hilfe brauchst. Was ist denn los? Ich denke, dass Du einen schönen Urlaub hast und jetzt dieser Hilferuf?"

Diana erkannte, was sie ausgelöst hatte. Schnell legte sie nach. „Es ist nichts passiert, über das Du Dir Sorgen machen musst. Mir ist nichts geschehen, auch hat es hier kein Unglück gegeben. Ich muss eben einfach nur etwas wissen, etwas Bestimmtes wissen."

„Was musst Du wissen, sag es mir."

„Bitte schau doch einmal in Mutters Unterlagen", sagte Diana eindringlich. „Du erinnerst Dich doch sicher noch an die Liste, die ich im Mantel hatte. Es ist eine Liste der Verwaltungsratsmitglieder, und sie enthält Fotos der Personen – erinnerst Du Dich?"

Mark erinnerte sich nur allzu gut daran – war ihm doch bei deren Anblick fast der Hut hoch gegangen.

Bevor er antworten konnte, war Diana es, die das Gespräch fort führte. „Wenn Du diese Liste gefunden hast, bitte schicke mir davon eines der Fotos auf mein Handy – schicke mir bitte das Foto von Sigurd Schnell. Es mag ja Ähnlichkeiten geben, aber ich glaube, ich habe den hier auf der Insel gesehen!"

„Nein, das glaube ich jetzt nicht", erwiderte Mark energisch. „Du kannst nicht so weit reisen, und dann kommt Dir einer dieser Kerle in die Quere!

Ich suche die Liste raus und schicke Dir dann das gewünschte Foto, hoffe aber, dass Du Dich geirrt hast, Schwesterherz. Bleib bitte ruhig, es wird sich hoffentlich alles aufklären. Auch ich bin selbst schon einmal meinem Doppelgänger begegnet."

Auf den Bahamas wollte eine hübsche Touristin nicht in den Schlaf gelangen; ihre wilden Gedanken verwehrten ihr dies. Auch darüber war sie beunruhigt, mehr als einfach nur beunruhigt. Ihre Gedanken sprangen wie wild in ihrem Kopf umher – Zorn kam auf, der Fahrt aufnahm und stärker und stärker wurde.

----

8. März 2016

Irgendwann war Diana doch eingeschlafen. Es war dieses Mal ein unruhiger Schlaf, der keineswegs so erholsam war, wie der in der Nacht zuvor. Diana machte sich einen doppelten Espresso, nachdem sie freudig festgestellt hatte, dass die sehr gute Ausstattung ihres Bungalows eine Miniküche und eben auch eine Espresso-Maschine enthielt. Dann fiel ihr ein, dass ihr Handy nicht lärmen konnte – es hing ja noch am Ladekabel. Diana sah auf dem Display, dass es nun voll aufgeladen war – und sie sah auch, dass eine Nachricht angekommen war. Diana überlegte einen Augenblick, konnte es dann aber nicht länger ertragen. Sie klickte die Nachricht an – es war eine SMS mit Anhang. Was Diana befürchtet hatte, das angehängte Bild zeigte einen lächelnden Sigurd Schnell.

Das Bild selbst war es nicht, was ihr eine verdammte Unruhe einflößte – es war die Angst, dass der Mann an der Bar auch dieser Sigurd Schnell ist. Sie wollte doch nicht ausgerechnet hier von den Geschehnissen eingeholt werden. Heute Abend muss es sich entscheiden – Diana würde wieder den Yachtclub aufsuchen und hoffen, dass Bild und der Mann an der Bar nicht identisch sind.

Bis zum Abend war noch reichlich Zeit. So spazierte Diana eine ganze Weile am Strand entlang, entgegengesetzt von ihrem abendlichen Ziel. Ihr begegnete keine Menschenseele; der warme Sand unter ihren Füßen liebkoste sie, und das Meer war noch warm genug für immer wieder einige Aufenthalte darin. Erst am späten Nachmittag bemerkte sie, dass sich bei ihr ein wenig Appetit anmeldete. Sie ging zu ihrer Unterkunft zurück und gönnte sich einen Snack aus ihrer kleinen Küche. Den Rest der Nachmittagsstunden verbrachte sie an ihrem Pool, bis die Zeit zum Aufbruch gekommen war.

Diana sah, dass ihr Tisch von gestern am Rande der Anlage wiederum frei war. Sie nahm ihn wieder in Beschlag, denn von hier aus hatte sie einen guten Blick auf die Bar, die sich nach und nach füllte.

„Da ist er", gaben die Augen ihre Entdeckung an Dianas Gehirn weiter. Zumindest war es derselbe Mann, der gestern Abend Dianas aufgewühltes Aufsehen bewirkt hatte. Und wieder hatte er eine komplett tolle Figur neben sich stehen, blond und langbeinig.

Diana erinnerte sich an ein Gespräch mit ihrer Mutter, die nur selten etwas aus der Firma heraus ließ.

Silvia hatte einmal erwähnt, dass es da eine Liste gab, die für Geburtstags-Geschenke und sonstige Anlässe erstellt wurde. In dieser Liste waren Hobbys und sonstiges aufgeführt, damit bei einem entsprechenden Anlass auch ein passendes Geschenk ausgesucht werden konnte. Dianas Mutter hatte davon gesprochen, dass Sigurd Schnell eine Vorliebe für schnelle Motorboote hat. Es gibt sogar Bilder davon in seinem Büro, hatte Silvia belustigt gesagt – und weiter hatte sie erwähnt, dass „der Herr" wohl „blonde Mitreisende" bevorzugt. Jedenfalls seien alle Damen auf den Fotos blond.

Diana kam der Gedanke, dass sie dann ja nicht in „sein" Opferprofil passt – und das war gut so. Eine Stunde später passierte beinahe das, was schon am Abend zuvor an der Bar geschah. Diana, die nur immer sehr dezent in Richtung Bar geschaut hatte, vernahm wieder laute Stimmen. Anscheinend gab es erneut Streitigkeiten. Und wieder zog die Dame an der Seite „vom vermuteten Schnell" lautstark schimpfend von dannen.

Diana hatte genug, rief den Kellner, bezahlte ihre Rechnung und machte sich auf den Heimweg. Dabei ging sie - wie zufällig, aber gewollt - einige Schritte auf die Bar zu, gerade nahe genug, um in das Gesicht des Mannes sehen zu können.

„Anscheinend hat der jeden Abend eine andere Dame an seiner Seite", dachte Diana und fand diesen Wechsel doch etwas verdächtig. „ Was muss das für ein Typ sein – und wer hält es nur einen Tag mit wem aus? Er mit ihr – oder sie mit ihm?"

In ihrem Kopf blitzten mehrere Nervenstränge auf. Die Erinnerungen des Fotos und der jetzigen Wahrnehmung verschmolzen sich zu einer Nachricht für Diana. „Es i s t Sigurd Schnell!".

An der Bar stand dieser mit ärgerlichem Gesichtsausdruck und orderte soeben für sich einen weiteren Drink. Diana hielt genug Abstand, um nicht direkt an ihm vorbei zu müssen. Aber sie war sich ganz sicher, ihr Gefühl hatte sie nicht verlassen. Wenige Schritte neben ihr stand einer der Aufsichtsratsmitglieder der ehemaligen Firma Hansson. Diana ging an ihm grußlos vorbei. Schnell hatte sie aber dennoch bemerkt – anscheinend war sein Radar für Frauen immer in Betrieb. Er konnte nicht wissen, wer da gerade an ihm vorbei ging, beide hatten sich nie getroffen und nie miteinander gesprochen. Aber Diana war hübsch, bei Schnell ging der Alarm der Begierde an. Diana hatte ihre Schritte beschleunigt. Sie hatte nicht die geringste Lust, mit „dem Herrn" zu reden.

Deshalb hörte sie auch nicht auf einen Anruf, der wohl ihr galt.   Diana beschleunigte ihren Gang noch einmal und erreichte unbelästigt ihren Bungalow.

Sie sprang in den Pool – noch in ihrer Kleidung.

Sie wollte das soeben gesehene so schnell wie möglich abschütteln, einen klaren Kopf bekommen.

----

9. März 2016

„Schon wieder eine unruhige Nacht" sagte sich Diana. „Wo ist mein erholsamer Urlaub?" Sie machte sich einen Espresso. „So kann es auf keinen Fall weiter gehen", dachte sie weiter, und ihre innere Stimme hörte sich sehr zornig an. Sie fasste den Entschluss, „den Herrn", den sie liebend gerne hier auf der Insel vermissen würde, ein wenig von weitem aus unter die Lupe zu nehmen. Was mochte er für ein Mensch sein? War er auch hier im Urlaub, oder hatte er hier sogar seinen Lebenswohnsitz eingerichtet? Aus den Unterlagen ihrer Mutter wusste Diana von den Millionen, die jedes Aufsichtsratsmitglied bei Ende der Firma auf dem Konto hatte.

Bis jetzt war ihr der Mensch nur unangenehm aufgefallen, und etwas von ihrer Wut, die sie auch jetzt wieder erfasste, hatte sie ja bereits in Deutschland gespürt. Wie es schien, wurde sie diese auch hier im Paradies nicht los. „Jedes Paradies hat auch seine Schlangen", dachte Diana. „Und Sigurd Schnell ist so eine in meinem Verständnis, wahrscheinlich eine Schlange mit einem teuren und schnellen Motorboot."

Diana beschloss, ihre Taktik zu ändern, generell zu ändern. Ärgerlich dachte sie daran, wie sie eigentlich seit zwei Abenden nicht das macht, was sie will, nämlich schöne und geruhsame Tage zu verleben – nein, sie ging Umwege, um diesem Menschen nicht zu begegnen. Er schnitt ihre Freiheit ein. „Das werde ich nie wieder zulassen", sagte sie sich.

Diana hatte einige Beziehungen hinter sich, in denen sie sich eingeengt gefühlt hatte. Natürlich hatte sie darüber nachgedacht, dass diese Beziehungen, die nach Wochen oder Monaten in die Brüche gingen, auch durch ihr Verschulden keine Chance gehabt hatten. Zu einem wirklichen Ergebnis war sie nicht gekommen. Und jetzt kam dieses Gefühl von Zwang und Unfreiheit schon wieder in ihr auf.

„Ich muss etwas unternehmen", sagte sie sich. „Ich darf hier nicht nur grübeln – dafür ist mir die Zeit hier einfach zu kostbar." Diana verließ ihren Bungalow und machte sich auf den Weg – Richtung „Marina".

Sie sah sich den Hafen mit den prachtvollen Schiffen an. „Einige von denen müssen Millionen schwer sein", waren ihre Überlegungen. „Und welches davon wird wohl Schnell gehören?"

Ihre sich selbst gestellte Frage wurde bereits im nächsten Moment beantwortet.

Sie sah Sigurd Schnell auf seinem Boot - er war allein.

Er drehte sich um, sein Gesicht war das Gesicht auf dem Handy – ein letzter Zweifel, der geblieben war, entfiel definitiv.   Sigurd Schnell lachte Diana an.

Diana wollte sich abwenden und gehen. „Verdammt noch mal, Diana", wetterte ihr innerer Schweinehund mit ihr. „Du wirst doch nicht schon wieder erneut weglaufen!   Du bist frei und kannst gehen oder auch bleiben, wie und wo immer Du es willst!"

Sigurd Schnell machte den bisherigen Eindrücken, die Diana von ihm hatte, alle Ehre.   Er ließ keine Zeit verstreichen, kam von seinem Boot und ging auf Diana zu.   „Ich bin doch gar nicht blond", fiel ihr wieder ein, und Diana stellte fest, dass dieser Schnell eine verdammt gute Figur abgab. „Lass Dich bloß nicht von dem blenden!", warnte sie ihre innere Stimme.

Schnell schien doch nicht nur auf eine bestimmte Haarfarbe fixiert zu sein.   Mit breitem Lächeln, wohl vor einem Spiegel geübt, sprach er Diana an.

„Welche ein schöner Tag, und er wird immer schöner", sagte Schnell. „Du interessierst Dich für Boote?", fragte er.

Diana durchzuckte es nicht gerade positiv. „Das sieht Dir ähnlich, Schnell, mich sofort zu duzen", sagte ihr erneut ihre innere mahnende Stimme. „Aber ich werde es Dir zeigen. Du wirst mein Leben nicht weiter versauen. Ich werde Dir zeigen, dass Du nicht mit jeder Frau spielen kannst, spielen und weg werfen – ich hasse Machos, ich hasse Dich!" Diana ging auf sein Spiel ein, aber sie würde die Fäden in der Hand behalten – das schwor sie sich.

„Hi", sagte sie und bemühte sich, nicht allzu interessiert zu wirken. „Ja, es liegen hier schon sehr schmucke Schiffe. Ist das Ihr Boot? Sieht toll und teuer aus." Diana zwang sich zu einem Lächeln.

Sigurd Schnell kam noch näher, berührte Diana fast. „Du kannst mein Boot besichtigen – jetzt sofort?"

Diana winkte ab. „Ich habe noch etwas anderes vor. Aber wir können die Besichtigung auf später verschieben, sehr gerne. Vielleicht können wir auch eine kleine Spritztour unternehmen?"

„Wo immer Du hin willst, schöne Frau", schmeichelte Schnell. „Mein Boot erfüllt alle Wünsche."

„Blödmann", dachte Diana, ließ sich aber absolut nichts anmerken. „Wenn es zeitlich in Ordnung ist, können Sie mich ungefähr einen Kilometer weiter südlich am Strand auflesen – sagen wir morgen früh - gegen 11.00 Uhr?"

„Gewonnen", dachte Schnell nicht nur, auch sein Blick verriet dies – und Diana bemerkte es.

„Gut, dann bis morgen früh am Strand", rief Schnell mit offensichtlich bester Laune.

Und Diana dachte „Ich bin nicht Dein nächstes dummes Opfer, Du Typ –das wirst Du schon sehen!"

Diana schrieb ihrem Bruder eine SMS und bestätigte ihre Vermutung der Identität von Foto und Person des Sigurd Schnell.

„Halte Dich von dem fern", hatte ihr Bruder zurück geschrieben. „Ich versuche gerade, mehr über diese Bande heraus zu bekommen."

Den Rest des Tages blieb Diana an ihrem Pool. Auch nahm sie heute kein Abendessen im Club ein. Ihr genügte heute ein kleiner Snack aus dem Vorrat. Während sie diesen genüsslich aß, dachte sie vergnügt daran, wie sich „der Herr" wohl heute Abend vergeblich nach ihr um sah.

Für heute war sein Abenteuer bereits geplatzt, falls er ein solches vorgehabt hatte – und dessen war sich Diana ganz sicher.   Und was würde morgen geschehen?

Sie könnte die Verabredung platzen lassen und ihn völlig ignorieren, doch etwas in ihr ließ sie an diesem Gedanken ein klein wenig zweifeln. Sigurd Schnell kannte sie ja nicht, wusste nichts von ihrer Identität.   Auch Diana würde einfach versuchen, mehr über den Typen heraus zu finden.

----

10. März 2016 - 11.00 Uhr -

Pünktlich um 11.00 Uhr sah sie dessen Boot vor ihrem Strandbereich ankern. Es lag schon in einiger Entfernung vom Ufer; das Wasser war dort zu flach für eine weitere Annäherung. Diana bemerkte, dass Schnell nach ihr Ausschau hielt.

Sie hatte ihren Bikini angezogen, darüber trug sie eine leichte Bluse. Sie betrat den Strand, durchquerte das hier sehr seichte Wasser, welches ein Näherkommen des Bootes nicht erlaubte. Mit wenigen Zügen erreichte sie schwimmend das Boot, wo sich schon ein hilfreicher Arm zu ihr herab senkte und ihr hinein half. Dianas Bluse war nun klitsche-nass und durchscheinend, was nasse Blusen so an sich haben. Sie zog diese aus und setzte sich im Bikini auf den Bootsrand.

Diana bemerkte, wie sich Sigurd Schnell nur wohl mit äußerster Gewalt zügeln musste, um ihr nicht sofort näher auf den Pelz zu rücken.

Er holte tief Luft und fragte: „Wo soll`s denn hin gehen, schöne Frau. Mein Boot und ich erfüllen alle Wünsche! Oder hatte ich das schon gesagt?"

Diana hatte sich etwas zu recht gelegt. „Wenn es in Ordnung ist, würde ich gerne an die Westküste fahren. Dort ist ein großer Buchtausschnitt beim „West Side National Park".

„Das geht klar, machen wir sofort. Also Leinen los, wenn wir angebunden wären", scherzte Schnell. Während der Fahrt, die Diana genoss, ohne groß an Schnell zu denken, fragte der: „Gibt es einen bestimmten Grund für unser Ziel. Was ist dort so besonders?"

„Ich bin zwar im Urlaub", antwortete Diana. „Aber in meinen Forschungen fehlen mir manchmal Details, die man nur an Ort und Stelle erledigen kann – die man nur an Ort und Stelle überprüfen kann. Wenn Sie nicht wären, hätte ich mir selbst ein Boot leihen müssen. Ich mache Tierstudien – über Tiere, die im Wasser leben. Im Augenblick ist es eine Studie über Seekühe."

Erstaunen war in Schnells Gesicht und nahm dessen gesamte Fläche ein. „Soll es dort denn Seekühe geben? Davon habe ich noch nichts gehört, und gesehen habe ich auch keine, obwohl ich fast täglich um die Insel herum fahre. Allerdings, ich bin ja auch noch nicht allzu lange hier Insulaner. Aber ich habe jetzt hier meinen offiziellen Wohnsitz, wenn ich mir diesen Tipp erlauben darf.

Es gibt wohl kaum angenehmere Aufenthaltsorte – und dann noch für immer. Sorry, aber gibt es nicht hübschere Dinge – als Seekühe?"

Diana hatte damit gerechnet, dass Schnell auf seiner Masche „ Ich bin toll" weiter herum reiten würde. War da nicht sogar schon eine Aufforderung, länger hier zu bleiben, obwohl man sich eigentlich noch gar nicht kennt? Sie beschloss, gar nicht auf seine Andeutungen einzugehen und gab ihm eine kühle Antwort.

„Seekühe kann man auch nicht zu allen Zeiten antreffen. Die brauchen eine bestimmte Wassertemperatur. Jetzt im März kommen sie langsam her, weil dann die Temperatur für sie zirka 23 Grad hat, Wassertemperatur wohlgemerkt. Bei den Seekühen darf die Wassertemperatur möglichst nicht unter 20 Grad absinken – sie erfrieren sonst!"

Sigurd Schnell stand mit offenem Mund da. „Du meine Güte, was man nicht alles noch in meinem hohen Alter lernen kann. Dann lass uns mal nach den Seekühen sehen!"

Das Boot beschleunigte enorm, es rauschte nur so daher. Diana kannte sich zwar mit Booten nicht aus, sah aber, dass es sich nicht nur um ein teures handelt, sondern auch um ein sehr modernes Boot.

Sie sah Schnell zu, wie er das Boot steuerte und bemerkte, dass es kein Steuerrad, sondern einen Joystick hat. Sicher hatte Schnell für dieses Wort auch noch eine andere Verwendung, kam ihr in den Sinn. „Warum bin ich bloß hier, warum habe ich mich auf dieses Spiel eingelassen", fragte sie in sich hinein. Eine Antwort blieb aus. Es dauerte nicht lange, und die Westküste war erreicht. Schnell wollte gerade den Motor abstellen.

Diana entschloss sich in diesem Augenblick, die Initiative zu übernehmen. „Darf ich dieses Boot auch einmal steuern, trauen Sie mir dies zu?"

Nur einen kurzen Moment schien es so, als würde Schnell überlegen, ob er jemanden außer ihm an sein 350.000,- € teures Spielzeug heran lassen soll. Aber er sah den bittenden Blick in Dianas Augen, die diesen wunderbar trotz innerer Abwehr hin bekommen hatte. Und hätte nicht auch er einen Wunsch offen, wenn er ihren erfüllte?

„Natürlich, komm zu mir, ich erkläre Dir die Steuerung. Wie Du siehst, das hier ist ein Hightech-Boot. Kannst Du mit einem Joystick umgehen?", fragte er. Diana nickte nur, wusste, dass Schnell bereits mit den Hufen schabte – so wie er es wohl mit allen Frauen machte, die sich ihm auf einen Meter näherten.

Und wirklich, sie hatte es befürchtet, Erklärungen reichten Sigurd Schnell nicht, er legte auch gleich großzügig seinen Arm um sie. Diana spürte, dass nicht nur das Boot vibrierte. Sie hatte die Bestätigung, zu hundert Prozent – Schnell ist auch schnell bei der Sache. Sie lenkte das Boot weiter auf die offene See hinaus und rief ihm zu: „Das ist ein irre tolles Gefühl. Danke, dass ich dies erleben darf."

Das war nicht gelogen und nun wirklich ein Erlebnis, wie wohl für jeden anderen auch, aber Diana hatte den Wunsch, konzentriert noch ein Stück zu fahren. Sie hatte Angst davor, zu stoppen – was würde dann passieren? Eigentlich wusste sie es. Sie war eine Gefangene. Ausgerechnet ein Boot ohne Fluchtmöglichkeit hatte sie sich ausgesucht, wie konnte sie nur? Und ich fahre auch noch so weit hinaus – weit entfernt vom rettenden Ufer.

Diana verwarf ihre beunruhigenden Gedanken, nahm das Gas weg, sah, wie es in Schnells Blick aufleuchtete „die habe ich".

Schnell trug seine kurzen Badeshorts, und Diana sah deutlich, was in und an ihm vorging. Sie hatte eine Idee, um Luft zu bekommen - Luft für Zeitgewinnung, Zeit für irgendetwas.

„Hast Du etwas zu trinken an Bord, vielleicht einen Martini, einen Bond-Martini. Aber geschüttelt oder gerührt wäre mir egal."

Sigurd Schnell war sich sicher. „Sie hat mich gerade erstmals „geduzt" – noch ein Getränk, und ich bin am Ziel!"

Er nickte und machte eine Verbeugung. „Ich bin sofort zurück; wie gesagt ist dies ein Wunschboot!"

Diana hatte nur einen kurzen Augenblick, dann war Schnell zurück. Entsetzt bemerkte sie, dass der wohl unterwegs seine Shorts verloren haben musste. Schnell kam auf sie zu. Diana sah Rot. Alles kam ihr wieder hoch – die Mutter, die verlorene Firma und eben gänzlich alles, was sie doch im Urlaub hier ablegen wollte. Tänzelnd kam ihr Kapitän näher – nur noch wenige Schritte... ! Schnell hob die Martini-Gläser und schob sich an der niedrigen Reling entlang auf Diana zu.

Die reagierte jetzt spontan, stieß den Gashebel in einem Ruck bis zum Anschlag und verriss den Joystick der Art, dass das Boot - schon mit erheblicher Fahrt - eine scharfe Wende vollzog.

Völlig überrascht und mit ungläubigem Gesicht taumelte Schnell. Er ließ die Gläser nicht los und hatte diese noch in der Hand, als er rücklings vom Boot fiel.

Diana wurde dies alles erst fast eine ganze Minute später klar. Mit seiner unbändigen Kraft hatte sich das Boot schon eine gehörige Strecke von der Stelle entfernt, an der Schnell „Baden gegangen" war. Sie konnte ihn schon gar nicht mehr ausmachen. Sie versuchte, die richtige Richtung zu deuten, was ihr erst nach mehreren Anläufen gelang. Es waren vielleicht nur noch so an die zweihundert Meter, dann hätte sie den um sein Leben schwimmenden Schnell erreicht. Was sie sah, – und das ließ ihr sprichwörtlich das Blut in ihren Adern gefrieren - das war eine Flosse, die zwischen dem Boot und Schnell auf diesen zu schwamm. Zwei Sekunden später war der Schwimmer nicht mehr zu sehen. Diana würde Sigurd Schnell nie mehr zu Gesicht bekommen, das ahnte sie, und es wurde Gewissheit, als sich das Wasser rot färbte.

Diana hatte das Boot gestoppt. Fassungslos blickte sie aufs Wasser, konnte kaum verarbeiten, was soeben passiert war.

Ihr Kopf suchte nach Erklärungen: „War dies ein Unfall? Hatte sie Schnell umgebracht? Warum war er auch so ein Schwein! Der würde nie wieder Schaden anrichten! Der war doch selbst schuld!"

Dianas Gedanken fingen an, sich zu entwirren. Mit halber Kraft steuerte sie das Boot auf dessen Heimathafen zu. Etwa zwei Kilometer davor, fuhr sie so nahe wie möglich an den Strand heran. Sie stieg ins sanfte Wasser, nachdem sie sich an Bord noch einmal umgesehen hatte. Sie hatte nichts zurück gelassen, weil sie nichts mitgebracht hatte. Ihre Bluse hatte sie wieder an. Niemand hatte gesehen, wie sie an Bord gegangen war. Eine Verbindung zu ihr gab es nicht. Sigurd Schnell war allein mit seinem Boot los gefahren, das hatte sicher jemand am Hafen gesehen. Gut, man würde ihn suchen, ihn zu finden, das war eine andere Sache. Diana wusste, dass zumindest sein Schiff irgendwann gefunden würde, und das durfte auf keinen Fall in ihrer Nähe sein, nicht in der Nähe ihres Bungalows. Diana ging noch einmal an Bord und stellte den Joystick fest - Richtung offene See. Den Gashebel stellte sie auf geringe Leistung. Dann sprang sie zurück ins Wasser, darauf achtend, dass sie dem starken Motor mit seinen Schrauben nicht zu nahe kam.

Das Boot entfernte sich, bis es aus ihren Augen verschwand.

Diana erreichte kurze Zeit später ihren Bungalow und warf sich aufs Bett. Sie war fix und fertig. Einschlafen konnte sie jedoch nicht. Ihre Gedanken waren wieder weit von ihr entfernt. Wäre Mark nur hier, war ihr einziger positiver Gedanke. Danach folgte erst einmal eine große Leere. Irgendwann schlief Diana ein. Doch ein andauernder Schlaf wollte ihr nicht gelingen. Wieder und wieder wachte sie auf, und jedes Mal waren immer die quälenden Fragen in ihrem Kopf „War das ein Unfall oder…? Was habe ich gemacht?"

----

11. März 2016

Diana erwachte wie gerädert aus ihrem unruhigen Schlaf, der zusammen gerechnet wohl kaum mehr als zwei Stunden erreichte. „Ein erholsamer Urlaub sieht anders aus", dachte sie nicht zum ersten Mal. „Es ist gut, dass heute schon mein Rückflug ansteht; gut, dass ich nicht zwei Wochen gebucht habe. Aus ersehnter Erholung ist hier regelrecht ein Horror-Ausflug geworden. Mark, bald bin ich wieder zu Hause – ich brauche Deinen Trost, Deinen Rat."

Beim Frühstück in der kleinen Bar ihrer Anlage unterhielt man sich ziemlich aufgeregt. Diana ahnte es! Natürlich ging es um ein Boot, das vermisst wurde, und es ging um Sigurd Schnell, der allein hinaus gefahren und samt Boot nicht mehr zurück gekehrt war. Die Suchaktion lief bereits.

Die wenigen Stunden bis zum Abflug verbrachte Diana an ihrem Bungalow. Natürlich genoss sie auch noch ihren Pool. Der war so ziemlich das einzige, was sie als positiv in Erinnerung behalten würde. Nein, ihr Bungalow war es ebenso wert und natürlich der traumhafte Strand.

Dieses Gefühl, barfuß durch den Sand zu schlendern, auch das würde sie vermissen.

Diana vermied es, noch einmal zum Hafen zu gehen. Sie wollte auf keinen Fall mit Sigurd Schnell in Verbindung gebracht werden. War es wirklich völlig ausgeschlossen, dass man sie nicht zusammen gesehen hatte? Fragen in dieser Hinsicht, das wäre das Letzte, was sie jetzt noch gebrauchen konnte. Sie wollte nur noch hier weg.

Das sehr freundliche Personal ihrer Bungalow-Anlage hatte alles für die Abreise im Griff – wie auch sonst immer. Dianas Gepäck stand am Flughafen bereit. Und ohne sich noch einmal umzudrehen durchschritt Diana die Kontrollen, ging an Bord ihres Fliegers und schaute Gedanken versunken auf „ihr Ferienparadies" hinab. Irgendwie erleichtert, alles hinter sich zu lassen, lehnte sie sich zurück und holte das nach, was sie während ihres Aufenthaltes auf der Insel reichlich entbehrt hatte – Schlaf.

----

12. März 2016 - Wohnung Herbst –

Mark Herbst war bei seinen Recherchen auf viel interessantes Material gestoßen – auch auf einige Notizen seiner Mutter. Sehr aufschlussreich waren da auch die Bemerkungen über die Vorlieben der fünf Mitglieder des Verwaltungsrates. Mark suchte die Liste heraus, die diese Herren auch auf Fotos zeigte. Seine Gedanken konzentrierten sich noch einmal auf Sigurd Schnell. „Anscheinend hat der sein Fabel für schnelle Motorboote umgehend auf die Bahamas verlagert. Als einer der Firmen-Abzocker hat er wohl auch das entsprechende Konto dafür", dachte Mark.

Er konnte es kaum abwarten, bis seine Schwester wieder zu Hause war. Was sie wohl alles berichten würde. Heute Abend würde er schon zum dritten Mal zum Flughafen fahren, um sie abzuholen. Mark grinste und überlegte, ob er einen Dauerparkplatz dort anmieten sollte. Über diesen Gedanken musste er regelrecht laut lachen. Dann wurde er wieder ernst. Mark machte einen dicken Strich durch einen der Namen. Gaston Kemmler war damit aus der Liste gestrichen. Was mit Sigurd Schnell los war, das würde ihm seine Schwester ja schon heute Abend berichten.

Während Mark noch auf die Liste sah, fiel ihm ein weiterer Name ein. Irgendwie war der doch auch an allem beteiligt – oder vielleicht doch nicht? Mark schrieb auf die Liste „ Sven Hansson" und machte drei dicke Fragezeichen dahinter.

----

12. März 2016 - am Flughafen –

Alles war Routine. Der Flug wurde als pünktlich angezeigt, was auch der Wahrheit entsprach. Diana erschien winkend im Ankunftsbereich. Sie fiel ihrem Bruder um den Hals. Auch dieses Mal brach sie in Tränen aus und wusste selbst nicht so genau, ob es Tränen aus ihrem Erlebnis oder Freudentränen waren, die das Wiedersehen mit ihrem Bruder betrafen.

Diana war während der Fahrt zur Wohnung Herbst sehr still, was ihrem Bruder natürlich auffiel. „Nach einem Urlaub hat man doch normaler weise viel zu erzählen", dachte er. Aber er drängte seine Schwester nicht. Zu Hause würde sie schon berichten, ob etwas und was auf den Bahamas passiert war. Dianas Bericht dauerte bis in die frühen Morgenstunden, immer wieder unterbrochen von Tränen, die reichlich flossen. Ihr Bruder hörte ihr still zu, unterbrach sie nicht. Es war nicht leicht für Mark, jetzt etwas dazu zu sagen, einen Rat zu geben. Diana hatte mit der zweiteiligen Frage geendet, ob Mark die Sache auf dem Boot für einen Unfall hält oder ob sie allein den Tod von Sigurd Schnell verursacht hat.

„Nun", begann Mark zögerlich, „es ist schwer, etwas zu beurteilen, wenn man nicht dabei war. Was Du erlebt hast, das ist ein ziemlich schockierendes Ereignis. Ich meine allerdings, dass die ganze Situation für Dich so schwierig war, dass Du allein spontan und nicht wissentlich gehandelt hast, als Du das Manöver der Wende fabriziert hast. Es war ja wohl auch das erste Mal, dass Du am Steuer eines so schnellen Bootes warst, und dann kommt auch noch die Bedienung eines Joysticks hinzu, der für unser einen ja eine höchst technische und ungewohnte Sache ist. Ich denke also, dass Du keine Schuld hast, wie die Dinge gelaufen sind. Es war ein Unfall."

Diana blickte ihren Bruder an, sah ihm sehr lange in die Augen. „Was Du da sagst, macht mich etwas ruhiger. Aber eines war doch nicht richtig, dass ich einfach abgehauen bin, ohne irgendjemand zu informieren, was passiert ist – oder?"

Mark überlegte, was er darauf antworten sollte. „Normal sollte man natürlich jemanden informieren; das ist wohl eine Verpflichtung, egal, wo man sich aufhält. Du hättest das wahrscheinlich auch noch getan, wenn Du länger auf den Bahamas geblieben wärst. Dein Flug war jedoch nur kurze Zeit später.

Du standest noch unter Schock. Und allerdings kenne ich die dortigen Behörden nicht. Es könnte ja sein, dass man Dich dort fest gehalten hätte und Du jetzt noch nicht hier wärest. Ich bin froh, dass Du hier bist, in Sicherheit. Es war ein Unfall, Diana. Es ist tragisch, was sich ereignet hat, aber Du trägst an der Sache keine Schuld, ok?"

Diana nickte, aber sie war sich nicht ganz sicher, ob sie sich der Meinung ihres Bruders anschließen konnte. Was sie jedoch ganz sicher wusste - sie hatte keinerlei Zorn mehr auf Sigurd Schnell. Es war, als ob ein Stein weniger auf ihr lasten würde.

Sie sah auf die Liste mit den fünf Fotos, die Mark noch wegen seinen Recherchen auf dem Tisch liegen hatte.

Diana nahm einen Stift und machte einen dicken Strich durch den Namen Sigurd Schnell. Es war der zweite dicke Strich auf der Liste.

Ihr fiel auf, dass ihr Bruder einen weiteren Namen auf die Liste gesetzt hatte – Sven Hansson.

----

22. März 2016

Diana konnte nicht von sich behaupten, ganz über ihre grübelnden Gedanken hinweg gekommen zu sein. Auch wenn sie Sigurd Schnell gehasst hatte, so einen Tod zu erleiden, dies war schon eine grausame Art. Was ihr half, dies ganze Geschehen einiger maßen zu überstehen, das war ihre fest verankerte Meinung, dass Schnell einer der Menschen war, die am Tode ihrer Mutter schuld waren, und da war sich Diana sicher, auch am Tode des alten Herrn Hansson.

Sicher war sich Diana auch, dass sie dies alles in ihrem ganzen restlichen Leben nicht völlig abschütteln wird, aber jeden Tag ging es mit ihr ein wenig mehr in Richtung „Es war ein Unfall!".

Am späten Nachmittag erlitt sie in dieser ganzen „Ich will vergessen Geschichte" einen herben Rückschlag. Sie erhielt einen Anruf von Sven Hansson. Beinahe hätte sie sofort aufgelegt, dachte dann aber einen kurzen Augenblick nach.

„Was wollen Sie von uns?", fragte Diana, und die Unfreundlichkeit in ihrer Stimme war nicht zu überhören.

„Hat mein Bruder Ihnen nicht klar und deutlich mitgeteilt, dass wir mit den Hanssons nichts zu tun haben wollen?"

Eine Antwort kam prompt - freundlich. Es schien Diana so, dass diese irgendwie vorbereitet war. „Hören Sie mir bitte zu, Frau Herbst", sagte Sven Hansson. „Sie tun mir Unrecht, wenn Sie mir das anlasten, was Ihrer Mutter zugestoßen ist."

Diana war im Begriff, jetzt doch das Gespräch zu beenden, aber der Anrufer war schneller und rief: „Bitte nicht auflegen. Geben Sie mir für einige Erklärungen eine Chance. Wenn Sie mir dann nicht glauben, werde ich Sie nie wieder belästigen."

„Ich höre", sagte Diana trotzig. „Sie haben zwei Minuten."

„Danke - wenn ich Ihnen sage, dass ich mit allem nichts zu tun habe, überhaupt nichts, dann werden Sie mir das nicht sofort glauben. Aber ich habe mit dieser Firma nie etwas gemeinsam gehabt. Mein Vater hat dies so auch akzeptiert. Auch ich habe unter den wohl offensichtlich passierten Machenschaften zu leiden – denken Sie doch an den Tod meines alten Herrn, der ihn ohne den ganzen Schlamassel um die Firma sicher noch nicht abgeholt hätte, da bin ich mir sicher."

Sven Hansson machte eine Pause. Dianas Abwehrverhalten ließ etwas nach, als sie sagte: „Ich höre immer noch zu. Sie haben soeben eine weitere Minute Zeit erkämpft!"

„Gut", war die Erleichterung in Svens Stimme zu hören. „Ich habe inzwischen Informationen darüber, wie es zu dem Firmen-Aus kommen konnte. Kennen Sie die Herren vom Aufsichtsrat?"

„Ja, die kenne ich, aber nur von einer Liste, die meine Mutter erstellt hatte. Ich kenne die Herren sogar per Fotos, die ebenso auf der Liste sind. Und damit Sie auf keine dummen Gedanken kommen, warum meine Mutter so eine Liste hat – diese Liste ist für besondere Anlässe und Geschenke zusammen mit Ihrem Vater erstellt worden!"

„Alles in Ordnung", beeilte sich Sven Hansson zu sagen, bevor das Gespräch in eine für ihn falsche Richtung zu kippen drohte. „Dann kennen Sie auch Herrn Alfons Bergmann, zumindest von der Liste. Bergmann hat mich angerufen. Er möchte sich mit mir treffen. Angedeutet hat er, dass er wichtige Informationen darüber hat, warum es zu dem Chaos mit der Firma kommen konnte. Und ich möchte Ihnen sagen, Ihnen und Ihrem Bruder, dass ich Sie beide sehr gerne bei dem Gespräch dabei haben möchte.

Die Unterredung soll morgen Nachmittag gegen 16.00 Uhr stattfinden, bei mir im Bungalow. Sorry, ich meine im Bungalow meines verstorbenen Vaters. Kennen Sie die Anschrift?"

Während der letzten Sätze war Dianas Bruder Mark ins Zimmer gekommen. Diana hatte das Gespräch auf den Lautsprecher gelegt, und Mark hatte zugehört. Mark nickte, was hieß, „sag ihm zu".

Diana nickte Mark ebenfalls zu und beantwortete Sven Hanssons Ansprache: „Wir kennen die Anschrift - wir werden kommen!"

Ohne ein weiteres Wort legte Diana auf. Am anderen Ende ließ sie einen vor sich hin grübelnden Sven Hansson zurück, der aber von Sekunde zu weiterer Sekunde mehr und mehr aufatmete – erstens, weil er dieses Gespräch gewagt hatte und zweitens, weil er Erfolg damit hatte. Morgen würde er Diana und Mark Herbst kennen lernen. Und dann würden die beiden auch nicht mehr negativ über ihn denken - so erhoffte er es sich zumindest.

Die Geschwister nahmen noch einmal ihre Unterlagen in Augenschein. Immer wieder blieben ihre Blicke bei der „Liste" hängen, der Liste, auf der zwei der Herren nicht mehr lächelten.

----

23. März 2016 - Bungalow Hansson –

Mark und Diana erreichten den Bungalow und bemerkten, dass gerade ein anderes Fahrzeug im Begriff war, dort in der Einfahrt zu parken. Das musste Alfons Bergmann sein. Als der ausstieg, war das bestätigt – Bergmann, einer der Männer auf der Liste.

Sie warteten noch, bis Bergmann den Bungalow betreten hatte, dann verließen sie ihr Fahrzeug und betätigten die Klingel „Albert Hansson". Erstaunt stellten die beiden fest, dass als Melodie eine alte bekannte schottische Volksweise erklang.

Sven Hansson öffnete sofort die Tür. Die Drei sahen sich einige Sekunden lang einfach nur stumm an – wie eine gegenseitige erste Musterung.

„Schön, dass Sie Ihr Kommen möglich gemacht haben", sagte Sven freundlich. „Herr Bergmann ist auch gerade eingetroffen. Ich hoffe sehr, dass wir alle nach diesem Gespräch etwas klarer sehen."

Mark und Diana nickten nur und traten ein. Im geräumigen Wohnzimmer saß Alfons Bergmann, der sofort aufstand und von Sven mit den beiden Geschwistern bekannt gemacht wurde.

Vorsichtig wurden Hände gereicht, abwartend, was da kommen würde.

Diana und Mark nahmen das Angebot auf ein Glas Wasser gerne an, verspürten sie doch beide irgendwie einen sehr trockenen Hals, der ihnen fast wie zugeschnürt vorkam. Kein Wunder – sie standen voll unter Anspannung.

Der neue Hausherr im Bungalow bat Alfons Bergmann um seinen Vortrag, den er angekündigt hatte. „Nun", begann dieser, „es ist auch für mich etwas schwierig, aber ich muss Ihnen allen unbedingt einige Dinge sagen. Das bin ich nicht nur Ihnen schuldig, sondern auch dem ehemaligen Chef und Frau Herbst. In der Tat sind einige unschöne Dinge passiert. Aber zuerst muss ich einige Zeit zurück gehen. Die Firma Albert Hansson stand eigentlich immer blendend da. Bis zu ihrer Expansion hatte der Chef das alleinige Sagen. Um sich zu erweitern, wurde damals neues Kapital gebraucht. Es wurden einige Herren gefunden, die daran interessiert waren. Sie alle kennen diese Herren, den Aufsichtsrat der Firma, zu dem auch ich gehörte."

Bergmann machte eine Pause und nahm ebenfalls einen Schluck Wasser.

Diana dachte daran, dass von den fünf Angehörigen des ehemaligen Aufsichtsrates schon zwei davon nicht mehr unter den Lebenden weilten – Gaston Kemmler und Sigurd Schnell. Bei Letzterem durchzuckte Diana eine heiße Welle, die ihren Blutdruck ansteigen ließ.

Ihr Bruder Mark bemerkte dies, sah seine Schwester mit einem beruhigenden Blick an - was die erwünschte Wirkung brachte. Diana fuhr ihre Abwehr wieder herunter und atmete tief durch.

Bergmann fuhr fort: „Das neue Kapital wurde dadurch beschafft, dass alle Fünf jeweils 500.000,- € als Einlage in die Firma einbrachten. Das ergab den benötigten Schwung für die Zukunft. Auch ging dies eine ganze Weile gut, sogar einige Jahre. Irgendwann aber wollten einige von uns nicht mehr. Die wollten Ihr Kapital, zusammen mit den stetig erfolgten Steigerungen, aus der Firma ziehen. Ohne weitere neue Investoren wäre dies das bittere und unnötige Ende der Firma - wie es ja auch letztendlich so gekommen ist."

Mark meldete sich zu Wort: „Darf man erfahren, wer genau aussteigen wollte?"

„Das wäre auch meine dringende Frage gewesen", erklärte Sven Hansson.

Bergmann holte tief Luft, trank noch einen Schluck und gab die Antwort. „Es hat natürlich ziemlich heiße Diskussionen gegeben. Aber nach Ablauf der Vertragslaufzeit der Einlagen hätte sowieso neu verhandelt werden müssen. Diese Nachverhandlungen entfielen jedoch durch die starren Forderungen auf Rückzahlung."

Diana mischte sich ein: „Entschuldigen Sie, aber erzählen können Sie uns ja viel. Uns alle hier würde uns wohl sehr interessieren, wer diese Personen waren, die ihre Forderungen durchsetzen wollten. Waren Sie auch dabei?"

Drei Paar Augen blickten Bergmann ins Gesicht, erwartungsvoll und lauernd. Der holte abermals tief Luft: „Ich kann Ihnen sagen, dass nur der Chef und ich dagegen waren. Wirtschaftlich gab es keinen Grund zu klagen. Jeder vermehrte sein Vermögen in der Firma – jedes Jahr, bis es am Ende jeweils drei Millionen für jedes Aufsichtsratmitglied waren."

Mark pfiff durch die Zähne, und auch durch Diana und Sven lief eine Welle der Ungläubigkeit bei diesen angesprochenen Summen. Sven sagte empört: „Bergmann, da haben ja auch Sie schön abgesahnt. Aber die Firma zugrunde zu richten, das ist schon eine andere Sache."

Bergmann antwortete sofort: „Damit Sie mir glauben, dass auch ich auf der Seite des alten Herrn Hansson war, zeige ich Ihnen ein Dokument. Dieses wurde streng geheim gehalten und bezeugt den Einstieg aller Aufsichtsratsmitglieder. Ein weiteres Dokument, das ich Ihnen hiermit vorlege, bezeugt die Abstimmung, die damals stattgefunden hat – die Abstimmung über das Ende der Kapitaleinlagen und das Firmenende."

Diana, Mark und Sven nahmen nacheinander die beiden Dokumente in ihre Hände. Was sie sahen, das waren tatsächlich die Nachweise dessen, was ihnen Bergmann gerade mitgeteilt hatte.

Und auf dem letzten Dokument, welches das Firmenende einläutete, ergab sich, dass wirklich nur der Chef und Bergmann für die Weiterführung der Einlagen und damit für den Bestand der Firma gestimmt hatten. Die Abstimmung ging vier zu zwei gegen die beiden aus – das Ende der Firma.

Diana und Mark sahen sich an. In ihren Gesichtern lasen die beiden gegenseitig ihre Gedanken, den Namen Alfons Bergmann von der „Liste" zu streichen. Es entstand eine längere Pause.

Sven Hansson bot seinen Gästen erneut Getränke an, die diese dankbar annahmen. Irgendwie war die Stimmung im Raum seltsam.

Einerseits fühlten sich alle Anwesenden befreit, was wohl an der Tatsache lag, dass jetzt nach diesen Informationen von Bergmann und den vorliegenden Dokumenten die Vier eine Art Gemeinschaft bildeten – eine Art Gemeinschaft der Geschädigten und Betroffenen. Zum anderen stieg jedoch auch der Zorn in ihnen allen auf, welche Habgier geherrscht haben musste, die das ganze Gerüst der Firma in den Sumpf gezogen hatte. Was aber das Fass für alle in ihren Gedanken - nicht zum ersten Mal - zum Überlaufen brachte, das waren die menschlichen Schicksale, die daran verknüpft waren. Sie alle wussten, dass auch an die hundert Mitarbeiter durch den Zusammenbruch leiden. Was noch tragischer war - die Tode von Albert Hansson und Silvia Herbst, die von allen in Verbindung mit der Firma gebracht wurden – ihre Köpfe verweigerten eine andere Deutung.

Sven Hansson war es, der zuerst wieder Worte fand. „Herr Bergmann, können Sie uns bitte sagen, ob jemand besonders hinter diesem ganzen Chaos stand, jemand der besonders hartnäckig die Auflösung forderte?"

Bevor Bergmann antworten konnte, ergriff Diana das Wort: „Ich hatte große Bedenken, hier an diesem Treffen teil zu nehmen. Jetzt bin ich froh, dass dieses stattfand. Ihnen, Herr Bergmann, kann ich sagen, dass mein Groll Ihnen gegenüber weg ist, nachdem ich die wahren Gründe heute erfahren habe. Und Ihnen, Herr Hansson, danke ich dafür, dass Sie dieses Treffen ins Leben gerufen haben. Unser aufrichtiges Beileid möchte ich Ihnen noch in Bezug auf Ihren Vater sagen."

Die Angesprochenen atmeten hörbar durch, Bergmann nickte dankend, Sven sah Diana an und sagte nach ziemlich langem direkten Augenkontakt: „Mir fällt auch ein Stein vom Herzen, eigentlich eine ganze Lawine. Wir alle hier haben – außer Herrn Bergmann - ja gar nichts von den Verflechtungen der Firma gewusst und dem Auslösen der Dramen, die daraufhin erfolgt sind. Es ist ein wirklich sehr gutes Ergebnis unseres Treffens, dass wir alle hier uns nichts mehr vorzuwerfen haben. Wir alle hier sind betroffen – wir alle haben etwas verloren, wir haben einiges gemeinsam."

Alle nickten heftig. Diana sah Bergmann in die Augen und erinnerte ihn an ihre Frage, ob es einen besonders hartnäckigen Aufrührer gab.

„Ja, das kann man wohl so sagen", sagte Bergmann. „Rotora und Rauche gaben keine Ruhe, bis ihr Wille durchgesetzt war, auch bei den beiden anderen durchgesetzt war – Schnell und Kemmler. So konnten der Chef und ich die Abstimmung nicht gewinnen. Ich fand es besonders beschämend, dass Meinolf Rauche, der schon vor den anderen für die Firma tätig war, sich dermaßen ins Zeug legte, um alles zu erzwingen. Ich hasse ihn dafür."

„Das tue ich auch", empfand Diana verbittert. „Meinolf Rauche - ich hasse Dich!"

Es war spät geworden. Alle verabschiedeten sich von einander. Und tatsächlich herrschte jetzt eine völlig andere Atmosphäre, als bei ihrer abtastenden Begegnung einige Stunden vorher. Eine Leidensgemeinschaft ging hier auseinander - nunmehr friedlich.

„Das hätte ich nicht gedacht, als wir nach hier fuhren", sagte Mark zu Diana – Diana nickte zustimmend, aber auch nachdenklich. Meinolf Rauche ging ihr nicht aus dem Kopf, und wieder spürte sie Zorn aufsteigen - Zorn, der an Heftigkeit zunahm. Fast war sie darüber erschrocken.

Im Bungalow war Sven Hansson wieder allein und goss sich einen alten schottischen Single-Malt ein, nachdem er ein Bild seines Vaters vor sich auf den Tisch gestellt hatte. „Prost, alter Herr", sagte Sven. Ein weiterer Single-Malt folgte. Svens Gedanken wanderten von seinem Vater noch einmal nach Schottland, und er bedauerte erneut, dass er solch eine Reise mit seinem Vater nicht hatte genießen können. Gleichzeitig war ihm aber völlig bewusst, dass dies auch an ihm selbst gelegen hatte. Er hatte den Kontakt mit seinem Vater weiß Gott nicht gesucht.

Svens Gedanken verlagerten sich, gingen noch einmal das soeben beendete Treffen durch. Seine Gedanken blieben bei Diana hängen. Er dachte an die Situation, an dem die beiden einen langen Blick ausgetauscht hatten. Und mit einem Mal hatte er Dianas Gesicht in allen Einzelheiten vor Augen. Ihm wurde bewusst, dass irgendetwas ihn berührt hatte – Diana hatte ihm gefallen.

Fast verfeindet - wenn man sich das erste Telefongespräch vor Augen hielt - waren sich beide hier heute erstmals begegnet. Und auch das Gespräch mit ihrem Bruder vor dem Treffen war ihm unangenehm in Erinnerung.

„Wie sich doch alles ändern kann", kam es ihm in den Sinn. „Diana, ich möchte Dich wiedersehen!" Sven füllte sein Glas noch einmal.

----

5. April 2016

Auf den Bahamas wurde die Suche nach Sigurd Schnell und seinem Boot eingestellt. Es hatte nicht die geringsten Spuren gegeben. Der Verbleib wurde in den Akten, die vorläufig geschlossen wurden, als ungeklärt vermerkt. Nach einem weiteren Aktenvermerk wurde die Annahme als möglich erachtet, dass Schnell samt seinem Boot entführt worden war, was kein Wunder bei dem Wert wäre. Als weitere Möglichkeit kommt auch ein Unfall in Betracht. Außer einer kompletten Entführung konnte das Boot auch gesunken sein, denn hochseetüchtig war es nicht. Vielleicht hatte sich Schnell, der in der kurzen Zeit seines Aufenthalts auf den Bahamas als Draufgänger galt, einfach zu weit hinaus gewagt.

Da Schnell in Deutschland abgemeldet war, erhielt die Deutsche Botschaft lediglich einen Vermerk, dass er zur Zeit unbekannten Aufenthalts sei, aber nach wie vor mit festem Wohnsitz auf den Bahamas gemeldet ist. Somit hatte die Botschaft dies lediglich als Vermerk zur Kenntnis genommen. Da Schnell als Privatier seinen Aufenthalt als dauerhaft außerhalb Deutschlands gemeldet hatte, war nichts weiter zu veranlassen.

Schließlich konnte der leben, wo immer er wollte – und außerdem lag nicht das Geringste gegen Schnell vor, worum man sich noch kümmern musste.

Diana würde sich hüten, irgendwelche Erkundigungen einzuholen. Wüsste sie aber von der Einstellung der Suche, so hätte sie ihre verbliebenen Rest-Schuld-Gedanken wohl wesentlich besser für immer begraben können.

----

7. April 2016 - 03.50 Uhr -

Diana erwachte mit einem unguten Gefühl – mitten in der Nacht. Sie konnte den Grund förmlich riechen. Etwas kam aus der Küche, und das war nichts Gutes. Es war Rauch. „Verdammt", dachte sie. „Habe ich etwa eine der Herdplatten nicht abgedreht?" Mutters Geräte – Diana hielt sich noch immer dort in deren Wohnung auf – waren komplizierter, als die in ihrer Küche. Mit einem Satz hechtete sie aus dem Bett und rannte in die Küche. Tatsächlich kam ihr von dort Rauch aus einem angebrannten Topf entgegen. Diana stellte die digitale Einstellung für die Temperatur auf null, öffnete das Fenster und lüftete ordentlich durch. „Noch einmal gut gegangen", sagte sie zu sich selbst. „Noch so ein Unfall, und mein armer Bruder wäre noch einmal geschockt worden."

Sie setzte sich ins Wohnzimmer, abwartend, bis die Küche wieder klare Luft vorweisen konnte. Sie dachte an ihren Bruder, der noch einmal von einer erneuten Katastrophen-Nachricht davon gekommen war. Mark war immer noch in der Schweiz. Das ihm dort angebotene Objekt war für ihn als Architekt eine große Herausforderung.

Es würde noch eine ganze Zeit lang dauern, bis ihr Bruder wieder zurück ist. Das Objekt war eine sehr lukrative Sache für Mark, wie er ihr am Telefon erklärt hatte. In der Schweiz würde Mark an Ort und Stelle noch einige Zeit die Maßnahmen überwachen, die dort zu treffen sind. Und auch danach müsste er für weitere Baubeaufsichtigungen noch mehrmals in die Schweiz reisen. Mark hatte einen satten Vorschuss bekommen, den er bei dem Kontostand der Geschwister eigentlich gar nicht nötig hatte.

Eine halbe Stunde später war der Rauch in der Küche ganz verzogen. Diana legte sich wieder hin, kam aber irgendwie nicht wieder in den Schlaf zurück – lag es etwa am „Rauch"?

Von einer Seite auf die andere wälzend, schlief Diana in den frühen Morgenstunden ein. Ihr Traum ließ einen ausgeglichenen und erholsamen Schlaf nicht zu.

… in einem Loft hoch über der Stadt

Frohgelaunt schlürfte ein ausgeschlafener Meinolf Rauche seinen morgendlichen Espresso, eine Angewohnheit, die er schon viele Jahre lang zelebrierte. Er sah auf das Display seines Smartphone – es blinkte. Jemand hatte versucht, ihn zu erreichen. Sein Versuch eines Rückrufs hatte aber keinen Erfolg. Die Nummer wurde als nicht existent angezeigt.

„Dann kann ich`s auch nicht ändern", dachte er sich. „Wird wohl nicht so wichtig gewesen sein."

Er hatte dies kaum zu Ende gedacht, als das Display sich erneut meldete, diesmal mit Ton, den er in der Nacht abgeschaltet hatte.

„Hier ist Meinolf Rauche", meldete er sich erwartungsvoll. „Was kann ich für Sie tun?"

„Sie kennen mich nicht, Herr Rauche", sagte eine angenehme Stimme. „Aber ich weiß, wer Sie sind. Ich möchte mich bei Ihnen einfach mal bedanken."

Da eine Pause eintrat, fragte Rauche nach: „Warum und wofür wollen Sie sich denn bei mir bedanken?"

„Nun, ich weiß, dass Sie der Firmenspitze „Albert Hansson sen." angehören. Ich bin eine derjenigen, die zwar im Augenblick keinen Job mehr haben, aber ich durfte von der Entschädigung profitieren, die jeder Mitarbeiter noch bekommen hat. Dafür möchte ich mich gerne bei Ihnen bedanken, da ich keine anderen Herren der Firmenspitze ausfindig gemacht habe!"

Meinolf Rauche war etwas irritiert. Nicht nur das Thema, auch diese Stimme war irgendwie faszinierend. Bevor er noch eine Antwort heraus brachte, war diese Stimme zurück. „Herr Rauche, wenn Sie es möchten, dann würde ich Sie sehr gerne besuchen – falls Sie mir Ihre Adresse verraten!"

Rauche war überrascht, was bei ihm nicht gerade oft vor kam. Der angekündigte Besuch schien interessant zu werden. Er gab seine Anschrift preis. Der Besuch würde noch heute Abend in seinem Loft eintreffen. Der Champagner würde kalt und bereit stehen – was dann kam, Rauche war gespannt, mehr als nur gespannt. Er malte sich schon aus, wie er sich den Abend vorstellte, den er nun ungeduldig erwartete.

Um 21.00 Uhr meldete sich die Türanlage. Rauche schaltete den unteren Hauseingang frei.

„Pünktlich ist die Dame schon einmal. Mal sehen, was sie sonst noch so drauf hat."

Er hörte den Aufzug summen, der seinen Besuch direkt bis zu seiner Tür hoch oben in den 8. Stock bringen würde. Nur er konnte diesen Aufzug benutzen, per Schlüssel oder per Funk dirigieren. Rauches Erwartungshaltung stieg. Wer würde wohl jeden Augenblick durch die Tür treten? Die Aufzugtür öffnete sich lautlos. Rauche war überrascht und sofort interessiert. Wen hatte er denn eigentlich erwartet? Etwa eine Arbeiterin der Firma im blauen Kittel? Das Gegenteil stand jetzt vor ihm. Diana hatte es nicht nötig, sich besonders aufzudonnern. Ihre Figur konnte es auch mit einem Model aufnehmen. Allerdings hatte sie heute einen ziemlich kurzen Rock an – ansonsten trug sie eher Hosen. Kurz gesagt - Rauches Gehirn registrierte: „Da steht ein hübscher Anblick vor mir."

Diana trat aus dem Aufzug, ging auf Rauche zu. Den kannte sie ja bereits vom Foto her und wusste, dass der Herr schon einige Jahre mehr als sie auf der Uhr hatte. Allerdings, bemerkte auch Diana, Rauches Auftritt und Aussehen war auch nicht zu verachten.

Er trug eine legere Hose und ein kurzärmeliges Hemd, die oberen Knöpfe offen. Beiden Sachen sah man allerdings an, dass die nicht von der einfachen Stange kamen.

Rauche stellte sich vor. Diana hatte noch im Aufzug überlegt, welchen Namen sie benutzen sollte. Schließlich war sie bei Diana geblieben, denn mit Rauche gab es keinerlei Verbindung. „Fast genau so, wie bei Sigurd Schnell", durchzuckte es sie. Auch Rauche war sie nie begegnet, sie hatten nie miteinander gesprochen, und ihre Mutter hatte auch kein Foto von ihr auf dem Schreibtisch gehabt. Was Diana von den Aufzeichnungen ihrer Mutter wusste – Rauche war Asthmatiker, ein stark betroffener Asthmatiker.

Diana gab ihm ihre Hand. „Ich bin Diana. Schön, dass Sie mich hier empfangen, Herr Rauche; sehr nett haben Sie es hier!"

Sichtlich geschmeichelt schenkte der zwei Gläser mit seinem Lieblings-Champagner ein, reichte eines davon an Diana weiter. Seine Musterung hinsichtlich seiner Besucherin hatte er inzwischen abgeschlossen und für gut befunden – für mehr als das. Seine Gedanken waren schon wesentlich weiter als beim Champagner.

Beide plauderten noch eine Weile, belanglos. Diana achtete darauf, dass keine zu nahe Verbindung mit der Firma Hansson berührt wurde, denn sie hatte sich ja mit einer falschen Identität eingeschlichen und keinerlei Ahnung, was die Firma so alles trieb – oder vertrieb. Diana erwischte sich bei dem Gedanken, dass sie das versäumt hat, etwas mehr Hintergrund über die Firma zu erforschen. Jetzt war es dafür zu spät.

Meinolf Rauche schenkte nach. Diana ließ dies zu. Sie hatte sich aber bereits ihre Meinung gebildet. Champagner würde nicht ihr Lieblingsgetränk werden. In diesen Kreisen gehörte der aber wohl offensichtlich dazu. „Trinken die überhaupt etwas anderes?", stellten ihre Gedanken ihr diese Frage.

Ihr Gastgeber kam nun doch auf die Firma zu sprechen. Diana stellte fest, dass er zugleich auch näher an sie heran rückte. „Herr Rauche, eigentlich hatte ich nur einen kurzen Aufenthalt bei Ihnen geplant. Ich wollte mich ja nur bei Ihnen bedanken – unbedingt persönlich bedanken. Wenn Sie die nötige Zeit haben, könnte ich aber noch ein wenig hier bleiben.

Oder haben Sie noch weitere Termine?" „Nein, ich bin ganz für Sie da. Übrigens, ich bin Meinolf. Lassen wir doch die Formalitäten.

Da fällt mir ein, Sie haben sich ja auch mit ihrem Vornamen vorgestellt. Das wird mir erst jetzt richtig bewusst. Darf ich Ihnen als der Ältere auch das „Du" anbieten?"

„Das ist in Ordnung", erwiderte Diana. Wie zufällig in Gedanken versunken, öffnete sie einen Knopf ihrer Bluse, was Rauche sofort als Signal verstand.

Er nahm ihre Hand, beide erhoben sich. Rauche führte sie in sein Schlafzimmer. Nur einige Sekunden später hatte kein Knopf mehr an Dianas Bluse seinen vorherigen Platz. Auch an Rauches Hemd hatten die bisher noch nicht geöffneten restlichen Knöpfe ihre Plätze getauscht – waren nun frei und nicht mehr von Knopflöchern gefangen. Dianas Rock folgte dem Spiel der Freiheit, und auch Rauches Hose lag wenig später auf dem dicken Hochflorteppich, der ebenso wie das sonderbreite Bett Hochgenuss erahnen lassen konnte.

Bisher war kein Kuss vollendet. Diana hatte dies ihrerseits vermieden, was recht schwierig für sie war. Sie versuchte vehement, den drängelnden Rauche davon abzuhalten, ihre Lippen zu erwischen. Jedoch bedeckte inzwischen kein Kleidungsstück mehr ihre Körper. Diana gelang es, Rauche auf den Rücken zu werfen. Dann geschah etwas, womit dieser niemals gerechnet hatte.

„Meinolf", sagte Diana. „Kannst Du nur einen Augenblick noch warten? Ich benötige unbedingt ein paar Züge aus einer Zigarette. Nur ein paar Züge - ich bin in wenigen Augenblicken wieder bei Dir. Bleibe bitte genau so liegen! Ich gehe auch nur ganz kurz auf die Terrasse, denn ich mag auch keinen Rauch im Schlafzimmer." Meinolf Rauche nickte, was ihm beim Anblick von Dianas nacktem Körper sichtlich schwer fiel. Diana huschte Richtung Terrasse und schmunzelte innerlich „Was ein Spruch: Ich mag keinen Rauch im Schlafzimmer! Dabei liegt da so einer, zumindest so ähnlich - ein Rauche."

Diana bemerkte sofort die kühl einströmende Luft, als sie die Terrassentür öffnete. Die Abende Anfang April waren noch recht frisch. Sie nahm nur zwei/drei Züge, mehr als widerwillig, denn normalerweise verabscheute sie Nikotin. Mindestens zehn Jahre war es her, dass sie sich ihre letzte Zigarette angezündet hatte. Sie schloss wieder die Tür und ging zu Meinolf Rauche zurück. Der lag tatsächlich brav, wie es Diana „befohlen" hatte, rücklings auf dem Riesenbett – voller Erwartung, wie man es ihm deutlich ansah. Diana setzte sich rittlings auf ihn. Ihr Kopf senkte sich, ihr Mund näherte sich seinem Mund. Rauche öffnete seinen Mund.

Voller Sehnsucht, endlich auch Dianas Lippen zu spüren, schloss er die Augen. Diana war jetzt ganz nah, ihre Lippen berührten die seinen. In der nächsten Sekunde blies ihm Diana den Rauch ihres letzten Zigarettenzuges in den Mund, den sie für diesen Zweck aufgespart hatte.

Lange die Luft anzuhalten, das war noch ein Relikt aus ihrer Zeit, als sie regelmäßig Wasserball gespielt hatte, sogar in einer höheren Liga. Rauche sah sie entsetzt an. Er hustete sofort, wie es wohl jedem in dieser Situation passiert wäre. Aber – es war nun wirklich keine normale Situation. Vielleicht kann man es als Spiel ansehen – ein wirklich seltsames Spiel, ein mehr als bizarres Spiel. Erst recht ist es absolut kein Spiel, wenn man Asthmatiker ist – eher ein tödliches Spiel.

Rauche bäumte sich auf, schrecklich heftig hustend. Seine Hand ging zu einem Schränkchen neben dem Bett, auf dem seine Sprühflasche stand, die ihn so manches Mal am Leben gehalten hatte. Diana stieß diese weg. Unerreichbar für Rauche fiel dessen Lebensretter lautlos auf den Teppich. Rauches Blick war nur noch das reine Entsetzen – wie sollte er auch begreifen, was gerade geschah. Er versuchte mit all der ihm verbliebenen Kraft, Diana abzuschütteln.

Die aber saß, wenn man so will, fest im Sattel, fest auf ihm. Ihr ganzer Körper lag auf ihm, lose und lässig, aber doch so, dass Rauche nicht in der Lage war, Diana abzuschütteln.

Rauches Körper bäumte sich auf. Bei einem seiner letzten Versuche Diana abzuschütteln, einem seiner letzten Stöße, um Diana abzuwehren, konnte Diana es kaum glauben, was sie spürte. Rauche drang in sie ein, und mit ungläubigem Erstaunen ließ sie es geschehen. Ein allerletztes Aufbäumen hatte noch einmal seinen ganzen Körper - mit allem was er hatte - hochgepuscht. Der Körper unter Diana zappelte noch ein paar Mal, was Diana intensiv in sich spürte. Sie konnte es nicht glauben, aber es war tatsächlich so - sie bekam einen Orgasmus. Dann war Stille unter ihr. Rauche zuckte nicht mehr, Rauche gab überhaupt keinerlei Lebenszeichen mehr von sich.

Diana blieb noch eine ganze Weile so liegen, wie sie gerade war. „Ich kann wirklich nicht glauben, was gerade geschehen ist", schrie ihr Kopf. „Und dann passiert noch so was – der stärkste Orgasmus meines Lebens!"

----

7. April 2016 - 05.16 Uhr -

Diana riss es mit einem heftigen Ruck aus dem Schlaf. Im nächsten Moment schaltete sie das Licht ein, sah sich um. Sie war zu Hause. Sie hatte geträumt.

Sie hatte einen so realistischen Traum erlebt, dass sie eine ganze Zeit lang brauchte, um sich klar zu werden, dass es wirklich nur ein Traum war. Nur ein Traum? „So kann es nicht weiter gehen", sagte sie sich. „Ich muss dies alles doch irgendwann verarbeitet haben. Zunächst werde ich mit Mark darüber sprechen. Vielleicht brauche ich auch sogar professionelle Hilfe? Mein Gott, war das heftig – aber auch zugleich ziemlich beängstigend! Das muss unbedingt aufhören!" Diana machte sich einen Kaffee. Sie blieb wach, hatte Angst vor dem Einschlafen, Angst davor, in den Traum zurück zu verfallen, der sie erschreckt hatte. „Es ist noch zu früh für einen Anruf", dachte sie mit Blick auf ihre Armbanduhr. „Mark wird noch schlafen. Ich werde bis mindestens 9 Uhr warten."

Ein weiterer Kaffee hatte sie wach gehalten, und natürlich war es auch der heftige Traum, der ihren Kopf nicht verlassen wollte.

Diana nahm sich ein Buch vor, um die Zeit bis zum Anruf zu überbrücken, aber es wollte ihr nicht gelingen, sich zu konzentrieren.

Endlich war es 9 Uhr. Mark meldete sich sofort. „Mark, ich müsste Dich unbedingt sprechen, wenn Du es einrichten kannst. Könntest Du das arrangieren - aber nur, wenn es wirklich möglich ist."

Die Antwort kam so spontan, wie Mark sich gemeldet hatte, sobald er auch nur Dianas Nummer in seinem Smartphone-Display erkannt hatte: „Natürlich, Schwesterherz, natürlich werde ich es möglich machen. Wenn Du mich brauchst, ist es dringend. Du würdest mich sonst nie so bitten. Ich meine, sogar Deine Stimme schreit nach Hilfe. Übrigens, es ist auch kein Problem bei mir. Gestern Abend hat es sich ergeben, dass wir hier beim Projekt sowieso zwei oder Tage warten müssen. Auch hier gibt es Behörden! Es sind hier einige Änderungswünsche aufgetaucht, die natürlich erst von der entsprechenden Stelle abgesegnet werden müssen. Du siehst – es ist wie in Deutschland. Ohne den richtigen Stempel geht einfach nichts. Ich kann schon heute Abend bei Dir sein. Bist Du in Mutters Wohnung oder in Deinem Apartment?"

„Ich werde heute Abend bei mir zu Hause sein. Zur Belohnung werde ich Dein Lieblingsgericht auf meine Abendkarte setzen – sozusagen als Belohnung. Ich freue mich schon – bis nachher!"

Diana überlegte, ob sie einen weiteren Anruf tätigen sollte. Sie dachte daran, ob Sven Hansson wohl auf einen Kaffee Zeit hat. Bis heute Abend war es noch lange hin. Am Nachmittag müsste sie dann aber noch die Einkäufe erledigen – für Marks Leibgericht – Cordon Bleu.

Ihr Kopf schlug ihr eine weitere Idee vor. Warum kochte sie nicht einmal Cordon Bleu für Sven, vorausgesetzt – er mag das. Sven war nicht nur heute in ihre Gedanken eingedrungen. Diana hatte schon mehrfach an ihn gedacht – an ihr Gespräch im Bungalow. Sven hatte ihr gefallen – sie ihm offenbar auch, sie hatte es bemerkt. Außerdem hat der ja auch nichts mit den Machenschaften am Hut – das war geklärt. Warum eigentlich nicht?

Diana verwarf diesen Gedanken - jedenfalls für heute. Schließlich hatte sie mit ihrem Bruder eine für sie mehr als wichtige sehr persönliche Sache zu besprechen. Sven würde noch warten müssen.

----

7. April 15.30 Uhr

Der Fahrer des kleinen Lieferwagens sah auf seine Uhr. Verabredet war er erst um 16.00 Uhr, aber er wollte bereits einige Zeit vorher da sein, um das Terrain zu sondieren. Eigentlich fuhr man in seiner Stellung andere Autos, den Lieferwagen wollte Josef Stressbar dennoch nicht missen. Was sollte er mit einer Luxuskarosse - er hatte es nicht nötig, irgendjemand zu imponieren. Bereits sein Vater hatte einen solchen gefahren, denn als Gas- und Wasserfirma wurde Raum für Werkzeug und anderes Material benötigt.

Stressbar hatte bei seinem Vater in jungen Jahren so einiges gelernt, sich einiges abgeschaut, was so mancher Studierte nicht konnte. Stressbar lernte mehr, als einen Nagel in die Wand zu schlagen. Er war seinem Vater dankbar, dass der gegen ein Studium nichts einzuwenden hatte. Gut, Vater hatte einen wichtigen Beruf, ohne den nichts lief. Josef Stressbar wollte den trotzdem nicht.

Er hatte das Glück, gleich nach dem Abitur bei einer Bank eintreten zu können. Inzwischen war er dort fast 40 Jahre, hatte sich hochgearbeitet. Er war in „Leitender Funktion", wie man so schön sagt.

Von seinen Expertisen hing ab, ob riesige Summen investiert wurden.

Sein Beruf hatte ihm immer genug gegeben, um zufrieden zu sein – bis etwas passierte, was nicht geschehen durfte. Im Dezember des letzten Jahres war etwas schief gegangen. Er als Anlageberater hatte versagt. Versagt war eigentlich nicht ganz richtig, aber Josef Stressbar hatte etwas falsch eingeschätzt, hatte Kunden und ihr Gebaren falsch eingeschätzt.

Es hätte nichts passieren dürfen, nichts passieren können, wenn alles normal gelaufen wäre. Zwei Aufsichtsratsmitglieder einer bekannten Firma hatten ihm den Auftrag gegeben, Vermögen zu vermehren, auch wenn Risiko im Spiel wäre. Das war Josef Stressbars Element, da war er Spitze. Was er nicht ahnte und damit falsch einschätzte, war, dass die beiden Herren sich nicht an die vorgegebene Anlagezeit hielten. Die beiden wollten, für ihn unerwartet, ihre Anlagen einschließlich der bisherigen Gewinne herausziehen, vorzeitig beenden. Das war jetzt sein Problem. Er hatte ein einziges Mal in seinem Leben gefehlt. Von den Anlagen hatte er etwas abgezweigt, und „etwas" war sehr untertrieben.

Das Geld hatte er für seine kranke Frau benötigt, die eine teure Operation brauchte. Stressbar hatte kalkuliert, dass bei normaler Laufzeit der Anlagen alles Geld wieder da wäre, wo es hin gehört. Dann hatte das Schicksal zweimal hart zugeschlagen. Seine Frau hatte die Operation nicht überstanden. Und dann kamen „die Herren", die ihr Geld sehen wollten, vorab sehen wollten. Alles würde heraus kommen - bei der nächsten Revision, die bereits nächste Woche anstand. Dann würde er überführt werden, der Untreue überführt werden. Alles war dahin, alles, was er sich erarbeitet hatte. Er würde alles verlieren, finanziell würde er bis zum bitteren Lebensende rückzahlen müssen. Schimpf und Schande drohten ihm. Und alles nur wegen „der Herren", die bei den Anlagen unverkennbar Geld an der Steuer vorbei mogeln wollten. Stressbar hatte sie gewarnt, sie wollten es dennoch, und er machte den Deal. Das hatte er jetzt davon! Ihm war nach dem Tode seiner Frau und des jetzigen Desasters alles egal. Er würde nicht allein büßen. Heute war die zweite Abrechnung an der Reihe.

Er saß in seinem Lieferwagen, der ihm vielleicht auch noch nicht einmal bleiben würde. Der weitaus wichtigere Grund, einen Lieferwagen zu fahren, war auch bei ihm dessen Transportfläche.

Josef Stressbar hatte ein Hobby, das Platz braucht, um an verschiedene Orte transportiert werden zu können.

Hinter ihm standen zwei Helikopter, fernzusteuernde Helikopter, kraftvolle Helikopter. Es war zugegeben ein teures Hobby, aber er konnte es sich leisten, bis jetzt. Josef Stressbar hatte eine letzte Verabredung in seinem Leben getroffen, um 16.00 Uhr.

Roland Rotora sah sich um. Er war am vereinbarten Treffpunkt. Jedenfalls sagte dies sein Navigationsgerät. Gespannt war er, wer denn nun am Treffpunkt auftauchen würde. Dieser Jemand wusste jedenfalls genau über Rotoras Hobby Bescheid – Helikopter. Bis jetzt hatte er sich mit den kleinen funkzusteuernden Modellen begnügt, bald würde er in einem richtigen Heli sitzen – den dafür notwendigen Flugschein zu bekommen, dafür hatte er sich bereits angemeldet. Und auch einen richtigen Heli hatte er sich bereits angeschaut. Heute ging es jedoch noch einmal um die kleinen Modell-Helikopter.

Der Anrufer hatte ihn sehr neugierig gemacht. Ein aufsehend erregendes Ereignis war ihm angekündigt worden.

Der Gesprächspartner hatte ihm die Vorstellung eines Steuerungs-Systems versprochen, wie Rotora es noch nie gesehen hat. Mit diesem nur einem System soll es möglich sein, gleich zwei Funk-Helis zu steuern – im Parallelflug, mit nur einem Steuergerät. Auch wenn Rotora demnächst auf das größere Fluggerät umsteigen würde, seine Neugier war geweckt.

Der noch nicht Erschienene hatte ihn darum gebeten, auch einen seiner Helikopter mitzubringen. Den hatte Rotora auch dabei, als er – wie verabredet – den alten Turm des längst stillgelegten kleinen Flugplatzes bestieg. Von dort ist die beste Möglichkeit zur Beobachtung, hatte man ihm gesagt.

Als Rotora oben auf der Plattform ankam, konnte er dies nur bestätigen. Von hier aus hatte man eine beste Sicht, und die Plattform war bestens geeignet, ein Modell starten zu lassen. Der Turm war oben platt - Seitenwände, Fenster u.s.w. waren bereits entfernt worden – vor langer Zeit. Ebenso störten hier keine Geländer mehr einen Start oder Anflug, obwohl bei Helis keine Startbahn nötig ist.

Egal, Rotora war bereit, er konnte kaum noch das angekündigte Ereignis abwarten. Er scharrte, wie man so schön sagt, mit den Hufen.

7. April 2016 - 16.00 Uhr -

Diana war gerade erst vom Einkauf zurück, als es an ihrer Tür läutete. Da sie in diesem Augenblick nicht damit gerechnet hatte, wäre ihr beinahe die Box mit den 6 Eiern auf den Boden gefallen. An der Haustür stand ihr Bruder. „Mark, Du bist schon da", sagte sie erstaunt, aber auch erfreut. „Ich habe erst gegen Abend mit Dir gerechnet. Aber schön, dass Du schon da bist!"

„Finde ich auch, Schwesterherz", lachte Mark und ergänzte: „Eine Tasse Kaffee wäre jetzt auch nicht schlecht, oder auch zwei. Ich habe doch eine ziemlich lange Fahrt hinter mir."

„Kommt sofort!", rief Diana und war eigentlich aus diesem Grund auch schon in der Küche. „Ist gleich fertig, unser Kaffee!"

Bevor Diana ihr schwerwiegendes Problem an Mark herantragen wollte, fragte sie ihren Bruder nach dem Stand der Dinge in der Schweiz. Der berichtete ihr nun noch etwas ausführlicher, als am Telefon, was er dort plante und schaffen ließ. Diana war beeindruckt, denn sie hatte überhaupt noch kein Ergebnis einer Planung von Mark gesehen.

Da saß also ihr Bruder vor ihr, mit dem sie so wenig Kontakt gehabt hatte, und ihr Bruder war ein richtiger Architekt! Bei diesem Gedanken fiel ihr wieder Sven ein. Nun kannte sie schon zwei Architekten persönlich. Es war ihr eigentlich gar nicht so recht, diesen Gedanken an Sven an die Seite zu schieben, aber Mark hatte ein Recht darauf, zu erfahren, warum er unbedingt kommen sollte. Diana erzählte ihrem Bruder, dass ziemlich oft alles in ihr wieder hoch kommt. Der krönende Abschluss war dann ihr Traum, der Traum vom Asthma-Mann.

Mark hörte ganz genau zu, legte ab und zu die Stirn in Falten, stieß ab und zu hörbar die Luft aus seinen Lungen. Als Diana geendet hatte, mit ihrem letzten Albtraum, schüttelte Mark den Kopf.

„Du meine Güte – Diana! Das ist ja schon mehr als haarsträubend. Mal überlegen – wie kann man Dir da helfen? Was ich glaube, das ist, Du musst unbedingt auf ganz andere Gedanken kommen. Ich hätte da so eine Idee, weiß aber nicht genau, wie die bei Dir ankommt. Aber ich lass es mal darauf ankommen." Diana schaute ihren Bruder mit größer werdenden Augen an. „Nun sag schon, wenn es eine Hilfe ist."

„Also, ich denke, dass es helfen kann", sagte Mark und konnte sich ein Grinsen nicht ganz verkneifen.

Ich meine, Du solltest unbedingt mehr ausgehen, und ich meine damit, dass Du das nicht allein tun solltest. Ich hätte da auch einen ganz brauchbaren Interessenten!"

Kaum ausgesprochen, antwortete Diana: „Sven!"

Mark sah seine Schwester genau an – musterte sie regelrecht. Er sah keine Spur von Unbehagen in ihrem Gesicht, und er meinte sogar - sie lächelte.

Dann wurde aus dem Lächeln ein Lachen, ein herzhaftes und lautes Lachen. Mark konnte nicht anders – auch er fiel in das regelrechte Lach-Gewitter seiner Schwester mit ein. Es dauerte eine ganze Weile, bis sich beide beruhigt hatten und wieder normal ihre Stimmen benutzen konnten.

„Du hast soeben hundert-prozentig meine Gedanken ausgesprochen, Mark. Ich hatte sogar schon im Sinn, auch für Sven mal Cordon Bleu zu machen. Und weißt Du, was mir noch in den Sinn gekommen ist? Nun, Ihr beide seid doch Architekten. Könntet Ihr nicht ein gemeinsames Büro führen? Dann hätte ich Euch beide in meiner Nähe!"

Mark war überrascht. Soweit hatte er noch nicht gedacht.

Gut, er hatte ein Projekt, aber am wichtigsten war ihm doch, dass seine Schwester mit der ganzen Geschichte klar kommt. - mit den ganzen Geschichten, die inzwischen geschehen sind, klar kommt. Aber nur Sekunden später fand auch Mark gefallen an diesem Gedanken. Warum nicht, warum nicht ein gemeinsames Büro?

----

7. April 2016

Am verlassenen Flughafen stand Roland Rotora noch immer auf dem Turm. Seine Uhr zeigte genau 16.05 Uhr, und er wollte gerade schon etwas ärgerlich werden, da er es nicht gewohnt war, dass man ihn warten ließ.

Josef Stressbar hatte absichtlich einige Minuten verstreichen lassen, um sicher zu sein, dass Rotora allein erschienen war. Er stieg aus dem Lieferwagen – es war 16.08 Uhr.

„Herr Rotora, sind sie da?", rief er. „Entschuldigen Sie bitte, dass ich ein paar Minuten zu spät bin. Ich hatte etwas Verladeschwierigkeiten mit meinem Equipment."

Rotora sah hinunter. „Es ist schon OK, wenn Sie mir jetzt das vorführen, was sie mir am Telefon so angepriesen haben. Kommen Sie hinauf, oder wie machen wir es?"

„Nein, bleiben Sie bitte oben. Von dort aus können Sie meine kleine Flug-Show am besten verfolgen. Sie werden aus dem Staunen nicht mehr heraus kommen, versprochen!"

Josef Stressbar lud seine Helikopter ab und stellte die beiden unmittelbar vor dem Turm ab. Dann nahm er seine Steuerung, die er sich vorn umhängte. Aufmerksam und neugierig lugte Rotora vorsichtig hinunter, gespannt harrend der Dinge, die nun kommen würden. Das, was Stressbar vorführen wollte, das hatte er wirklich bisher noch nicht erlebt.

„Passen Sie auf, es geht los", rief Stressbar. Er startete die Turbinen beider Helikopter. Das erst leise Summen wurde stärker, wurde lauter, so dass man beinahe glauben konnte, es wären größere Maschinen bei der Arbeit.

Dann starteten die Helikopter – gleichzeitig, und alles geschah mit dem einen Steuerpult, das Josef Stressbar bediente. Rotora war jetzt schon begeistert. Er sah den ersten Synchron-Flug von zwei Helikoptern.

Der Mann am Schaltpult ließ die beiden Helis senkrecht aufsteigen, hoch über den Turm hinaus. Rotora konnte sich nicht satt daran sehen. Erst recht nicht, als die beiden Maschinen parallel Flugmanöver vorführten, wie er sie noch nie gesehen hatte. Sein Jagdtrieb war geweckt – diese Steuerung musste er unbedingt haben.

Die beiden Helikopter flogen eine Schleife und jetzt auf den Turm zu, flogen auf Rotora zu, der instinktiv bereit war – und dieses auch andeutete -, sich zu ducken.

„Keine Angst, Herr Rotora", rief es von unten. „Die beiden Helis werden rechts und links an ihnen vorbei fliegen. Bleiben Sie bitte einfach ganz ruhig stehen. Sie sehen es ja selbst, ich kann mit diesen Apparaten umgehen!"

Rotora blieb stehen, so wie er stand. Keinesfalls wollte er Anzeichen von Angst zeigen. Außerdem hatte er natürlich gesehen, was für ein ausgezeichneter „Flieger" der Mann unten am Turm war, und gewissermaßen war es ja ein Hobby-Kollege.

Die beiden Helis flogen langsam auf ihn zu, rechts und links würden sie vorbei fliegen – das sah er. Kurz bevor sie ihn erreichten und an ihm vorbei fliegen würden, drehte sich Rotora um, nah am Rand und wollte sehen, was Stressbar weiter unternahm.

Um diesen zu sehen, ging er noch ein Stück weiter zum Rand, aber in immer noch sicherem Abstand, um nicht abzurutschen.

Er hörte die beiden Helikopter, sah aus den Augenwinkeln ihre Schatten und bemerkte nicht den Nylonfaden, den die beiden Helis zwischen sich mit führten – einen starken Nylonfaden.

Ein kleiner Ruck genügte, Rotora spürte etwas an seinem Nacken.   Rotora schwankte einen Schritt nach vorn.   Ein ganzer Schritt war zu viel. Er stand dafür doch zu nahe am Rand, um noch gegenzusteuern zu können.   Rotora fiel mit einem Aufschrei vom Turm.   Die beiden Helikopter flogen zurück auf den Turm und setzten dort zur Landung an – ihre Turbinen verstummten.

Josef Stressbar warf einen Blick auf den Gestürzten. Die unnatürliche Haltung verriet ihm, dass Rotora kein Leben mehr in sich hatte.   Offensichtlich hatte er sich das Genick gebrochen.

Stressbar stieg die vielen Stufen zum Turm hinauf. Fast väterlich strich er über seine beiden Flugobjekte und sagte: „Es ist vollbracht!" Er sah hinunter, sah den toten Rotora liegen und startete seine beiden Helikopter erneut. Diese stiegen auf, flogen eine Kurve und steuerten denselben Kurs zurück zum Turm, wie sie es vorhin getan hatten.

Josef Stressbar drehte ihnen den Rücken zu. Er dachte: „Mein Name hat mir Stress gebracht, ist schon irgendwie komisch. Aber damit ist jetzt alles vorbei. Ich werde die Schande bei der Bank-Revision nicht mehr erleben."

Die Helikopter hielten ihren Kurs. Wieder flogen sie rechts und links vorbei, wieder spannte sich der Nylonfaden, berührte Stressbars Nacken, spannte sich mehr und mehr, bis der Druck – Stressbar wehrte sich nicht – so groß war, dass auch er in die Tiefe stürzte. Er schrie nicht, er war nicht überrascht - er würde nie mehr Stress haben.

Es war jetzt 16.28 Uhr. Der schon vor langer Zeit aufgegebene Flughafen lockte keine Besucher mehr an. Mehr oder weniger zufällig wurden die beiden Leichen von Stressbar und Rotora erst zwei Tage später gefunden. In einer Verlautbarung hieß es in der Presse: „Zwei Modellflugbauer haben durch einen tragischen Unfall am alten Flugplatz in ...... ihr Leben verloren. Anscheinend waren sie auf dem unsicheren alten Tower zu unvorsichtig und haben den Absturz von dort nicht überlebt!"

----

7. April 2016 - 19.00 Uhr -

Diana hatte sich alles von der Seele geredet. Sie war sehr erleichtert, dass ihr Bruder die Zeit hatte, bei ihr zu sein und ihr zuzuhören. Gemeinsam bereiteten sie in der Küche das Abendessen, und als die Teller leer gefuttert waren, war bei beiden Geschwistern die Stimmung auch schon wesentlich heiterer – die Anspannung bei Diana war gewichen.

Mark fuhr in die Wohnung seiner Mutter, nicht ohne Diana das Versprechen zu geben, morgen früh pünktlich um 9.00 Uhr mit frischen Brötchen zurück zu sein.

Diana machte sich noch einen Tee, genüsslich trank sie ihn aus ihrer Lieblingstasse, ging dann zu Bett. Schon lange hatte sie nicht mehr so gut geschlafen, würde sie am nächsten Morgen als erstes bemerken.

----

8. April 2016 - 9.00 Uhr -

„Mein Gott, Du bist ja super-pünktlich", rief Diana, als Mark vor ihrer Tür stand. „Komm, der Kaffee ist auch schon fertig!"

Ausgiebig wurde das Frühstück zelebriert. Mark sah, dass es Diana wirklich schmeckte und dachte, dass seine Schwester wohl schon lange nicht mehr so genussvoll gefrühstückt hat.

„Wenn Du willst, kannst Du jetzt ganz beruhigt wieder in die Schweiz reisen", sagte Diana fröhlich. „Wie Du siehst, Du hast wahre Wunder bewirkt. Mir geht es schon wieder viel besser."

Mark lächelte und erwiderte: „Ich habe Dir doch nur zugehört, kleine Schwester. Aber ich freue mich, dass dies so gut gewirkt hat – wirklich. Jetzt noch etwas anderes: Vergiss nicht, Sven anzurufen – mach eine Verabredung mit ihm fest. Dann kann ich auch beruhigt zurück fahren. Ich kann dann noch etwas an den Plänen arbeiten, bis ich den ersehnten amtlichen Stempel dort erhalte."

Diana versprach es, und ihr Bruder verabschiedete sich gegen Mittag.

Diana nahm das Telefon, rief Sven an, der sich hoch-erfreut mit Diana zum Abendessen in einem netten Restaurant verabredete. „Das Cordon Bleu muss noch warten!", rief Diana fröhlich und schnitt eine Grimasse, als sie am Spiegel in ihrem Flur vorbei kam. Sie freute sich sehr auf den heutigen Abend.

----

21. April 2016

Nicht nur die Verabredung am Abend des 8. April war wundervoll verlaufen. Sven und Diana hatten sich danach beinahe täglich gesehen. Für beide stand fest, dass sie ein Paar waren.

Dann ging alles ganz schnell. Sven hatte beschlossen, sein Apartment aufzugeben und in der Villa seines Vaters zu bleiben. Der Tod seines Vaters hatte mit diesem Haus nichts zu tun, Schuld war das Herz. Das hatte Mark inzwischen vollends kapiert, er hatte nicht den geringsten Zweifel mehr. Er hatte seinen Kopf soweit frei bekommen, dass er mögliche Dinge, die auch eine Mitschuld haben konnten, ausklammern konnte. Und bald würde er auch nicht mehr allein sein. Diana würde zu ihm ziehen und ihr Apartment verlassen.

Diana und Sven heirateten – im kleinen Kreis. Weitere zwei Monate später kündigte sich an, dass noch mehr Leben in den Bungalow einziehen wird.

----

5. Mai 2017

Sven und Diana wurden Eltern. Sie bekamen einen Sohn und gaben ihm die Vornamen Mark und Albert - in Memory an Svens Vater und Dianas Bruder. Somit wohnte jetzt dort auch ein kleiner Mark Albert Hansson, der Dianas und Marks Glück komplett machte. Paten wurden übrigens Maria, die Haushälterin, die auch weiter die Gemütlichkeit des Bungalows bei guter Laune hielt und natürlich Mark.

Glückwünsche erhielten sie auch von Alfons Bergmann, der mit der Zeit ein guter Freund der Familie wurde. Alle Zweifel waren ja geklärt, eine neue Zeit war angebrochen. Bergmann war rehabilitiert. Der hörte von der Überlegung, dass Sven und Mark eventuell ein gemeinsames Architektur-Büro planten und kam mit einem für alle völlig überraschenden Vorschlag:

Zur Gründung des Büros ließ er eine Summe in Höhe von 300.000,- € in die Planung einfließen. Natürlich wollte dies nicht angenommen werden, aber Bergmann bestand darauf.

Er meinte, somit könne er etwas wieder gut machen, was angerichtet worden war, auch wenn er nicht persönlich daran Schuld trug.

Die Firma habe ihm so viel eingebracht, dass er damit bequem den Rest seines Lebens verbringen kann – und sein Leben würde im Gegensatz zu dem der „jungen Familie" doch recht kurz bemessen sein.

Am Bungalow wurde ein Anbau geplant, schließlich war das Grundstück groß genug. Es würde keine Probleme deswegen geben. Und waren es jetzt nicht etwa zwei gestandene Architekten, die dies sicherlich auf die Reihe bekommen würden?

Familie Hansson bekam noch zwei weitere Kinder. Mark Herbst gab sein Apartment auf und bezog eine Wohnung in Dianas Nähe.

Ach ja – was sonst noch zu sagen wäre:

Am 7. April 2017 erlitt Meinolf Rauche einen tödlichen Asthma-Anfall, einsam im Loft - genau ein Jahr nach Dianas Alptraum.

Das Boot von Sigurd Schnell tauchte nie wieder auf.

Der damals gemäß Vertragsverhandlungen vom 23. Dezember 2015 beauftragte Notar konnte aus dem Notar - Anderkonto den Mitarbeitern der ehemaligen Firma Albert Hansson sen. noch große Freude mit zahlreichen Kontoüberweisungen bereiten, zumindest damit aber eine Abschwächung ihrer finanziellen Sorgen erreichen.

Diana hatte n i e wieder einen Albtraum.

E N D E

DANKE für Ihr Interesse –

Wolfgang Pein

bisher erschienene Bücher von Wolfgang Pein:

The adventures of two sheep friends

(in Englisch - ISBN 9783732233328)

Schaf-Geschichten mit Johanna

(ein Kinder-Buch ISBN 9783848251032)

Schafe mähen nicht nur Gras

(208 Seiten – **Roman** - ISBN 9783738606584)

Schafe brauchen auch mal Urlaub

(208 Seiten – **Roman** - ISBN 9783739241074)

Schaf-Geschichten aus dem schönen Vinschgau

(Südtirol / Norditalien - ISBN 9783837079241)

Sheep Fight For Freedom

(in Englisch – **Roman** - ISBN 9783741279713)

vier letzte Tage im Februar

(ein Kriminal-Roman - ISBN 9783743195417)

Sämtliche Bücher können

in jedem Buchgeschäft in Europa, den USA und in Kanada „ b e s t e l l t " werden und s i n d a u c h als E - Book erhältlich.

in diesem Kriminal – Roman haben mitgewirkt:

(... manche auch bis zum Schluss)

Albert Hansson sen. - der Chef der Firma

Sven Hansson - sein Sohn

Silvia Herbst - die Chef – Sekretärin

Diana Herbst - Tochter der Sekretärin

Mark Herbst - Sohn von Silvia Herbst

die Mitglieder des Verwaltungsrates der Firma:

Sigurd Schnell - Motorboot-Fan

Gaston Kemmler - Hobby-Koch

Meinolf Rauche - Asthmatiker

Roland Rotora - Hubschrauber-Fan

Albert Bergmann

s o w i e

Hans Zweibuchter - Kriminalhauptkommissar

Vera Eisenbach - Kriminalhauptkommissarin

Fritz Speer - Obduzent

Maria - die Haushälterin von Albert Hansson

ein alter Herr - der Portier der Firma

Josef Stressbar - ein leitender Bankangestellter